JN038066

「おはよう。今年も同じクラスだねー」
「新学期から元気だなぁ」

「あ、あたしは『妹』なんだぞぉ？」
「お兄ちゃん……かまってぇ！」

「あお姉。あんさ、シャンプーの替えって——」
「……え？　誰、あんた？」

クラスの優等生を『妹』にする約束をした。どうやらいっぱい甘えたいらしい。

氷高 悠

ファンタジア文庫

3383

口絵・本文イラスト　たん旦

contents

第1話　家出した俺、『家族』と出逢《であ》う

――血は水よりも濃い。

同じ血を分けた家族とは、他人同士よりも強く繋《つな》がっている。そんな意味のことわざだ。

……まったく、嫌なことわざだよな。

土砂降りの雨に体温を奪われ、意識が朦朧《もうろう》とする中、俺は自嘲するように笑った。

実際のところ、そのとおりだと思うよ。

家族ってのはいつだって、俺の人生に絡《から》みついて、離れやしない。

蛇のように、鎖のように――呪いのように。

だったら家族なんて。

――最初から、いらなかった。

「あれ？　鷹戸《たかと》くん？　そんなにずぶ濡《ぬ》れで、どうしたの？」

公園のベンチで雨に打たれていたら、誰かが俺の名前を呼んだ。

濡れた眼鏡を、袖で拭う。

そこにいたのは——柔らかな空気を纏《まと》った、一人の美少女だった。

ミディアムボブの艶やかな髪。雪のごとく白い肌。

そして、その潤いのある唇は、灯火みたいに赤く煌《きら》めいている。

「……加古川《かこがわ》？」

そう、彼女は——同じクラスの加古川青緒《あお》だ。

その整った容姿だけでも、十分なほど周りの目を惹《ひ》いているけど。その上、社交的で世話好きなもんだから、学年中の誰からも慕われている。

そんな人望に溢《あふ》れた、俺のクラスメート。

「そうだよ、加古川ですよ？　それよりほら、鷹戸くん。そんなに濡れてたら、風邪引いちゃうよってば」

加古川はそう言うと、なんの迷いもなく自分の傘を、俺に差し出してきた。

傘からはみ出した加古川の肩が、見る見るうちに濡れていく。

そんな加古川の優しさに触れて——なんだか胸が、キュッと苦しくなるのを感じた。

ああ、こんなところ……誰にも見られたくなかったんだけどな。

◆◇◆◆

――加古川青緒と出逢う数時間前を、思い出す。

その頃にはもう、とっくに日は沈んでいたけど、空には雲なんてひとつもなくて。

まさか土砂降りの雨になるだなんて、夢にも思っていなかった。

あの時点で傘を買っていれば、加古川青緒に声を掛けられるなんてこと、なかったんだろうな。

だけど正直、あのときの俺には……そんなことに気を回せる余裕はなかった。

なぜなら俺は。

高校二年の、五月も終わりに近いこの日に。

かねてより計画していた家出を――実行に移したんだから。

「じゃあ、千歳《ちとせ》。今週中には、服とか教科書とか入った俺の荷物が、届くと思うから。よろしく頼むな」

家から少し離れたコンビニの前。

そこにTシャツとチノパンという軽装で、座り込んで。

俺──鷹戸流稀《りゅうき》は、友人の鮎村《あゆむら》千歳と電話をしていた。

『そりゃあ届いたら、ちゃんと受け取るけどさ。これから泊まるところとか大丈夫なの、流稀？　予報だとこの後、天気が崩れるみたいだけど』

「そうなのか？　まぁホテルなり漫画喫茶なり、どこかしらに泊まるよ。貯《た》めてた小遣いは全部持ってきたから、二・三泊くらいは平気だしな」

『四日目からはどうすんのさ』

「どうしたもんだかな」

投げやりに答えて、目に掛かった前髪を指先で弾《はじ》く。

すると電話口の向こうの千歳は、盛大なため息を返してきた。

『……流稀が家出を実行するなら、大きめの荷物はいったん、俺の家で預かる。確かにそう約束してたよ。それと、家出自体に反対するつもりもない。流稀が家を嫌う気持ちは──分からなくないから。ただ……計画性がね？』

「……そう言われちゃうと、なんも言い返せねぇな。俺だって、もう少し余裕を持って家出したかったよ。本当は」

俺が家出を考えていた理由。

それは――親のことが、大っ嫌いだからだ。

特に嫌いなのは、父親の方。市内の総合病院に勤めるお医者様で、随分とお偉い役職にもお就きになっていらっしゃる、ご立派なお方だ。

父方はもともと、医者の家系。なので、医者としても地位の高い父親は、親族一同から存分にもてはやされてるみたいだ。知らんけど。

さて……ちなみに俺は、そんなエリート家系に生まれた一人っ子なんだが。

果たしてどんな風に、育てられてきたと思う？

答えは簡単。人生のルートが、最初から『医者』に設定されていた。

そして小さい頃から毎日毎日、何時間も勉強するよう強《し》いられて。友達と遊びに行くことすら、ろくにできず。ついでに覚えが悪いと、当たり前のようにどやされてきた。

そんな生活が、ずーっと続いてきたわけ。

……だけど、俺だって人間。

思春期にもなれば、そんな親に反抗だってしたくなる。

なので、ここ最近は、俺が父親に反論して大喧嘩《げんか》って流れを……何度も何度も何度も繰り返してきた。

でも、まぁ……それで変わるような父親なら、こんな大ごとにはなってないわけで。

何度揉《も》めたところで、頑固を絵に描いたような父親は、一度たりとも俺の意見に耳を貸したりはしなかった。

——だったらもう、家を出るくらいしか方法がないだろ？

そんなわけで俺は、高二の四月になってから。

千歳に相談しつつ……密《ひそ》かに鷹戸家脱走計画を、進めていたんだ。

「準備が整ってから、家出しようと思ってたんだぜ？　けどさ、あいつら……俺の進路希望調査票を、勝手に書いて提出しやがったんだぞ？　さすがに限度ってもんがあるだろ。文書偽造だぜ、文書偽造」

『うーん、まぁ……流稀の気持ちは分かるよ。先生も驚いてたもんね。まさか親が勝手に進路希望を書くなんて、思わないから』

今日の放課後——千歳と一緒にいたときに。

通り掛かった担任が、わけの分からんことを言ってきたんだ。

希望進路に向けた補習をするとか、学校もサポートするよ……とか。

難関大学だけど、応援してるからね……とか。

あまりに意味不明だったので、お互いの話をすり合わせてみた。

そして分かったのは――家に置いてあるはずの進路希望調査票が、知らないうちに提出されてたってこと。

それから第一志望が……俺が望んでもない、有名大学の医学部になってたってことだ。

俺が進路希望を書いてないって知って、顔面蒼白《がんめんそうはく》になってたな。うちの担任。

もうすぐ産休に入るってのに、最後まで変な気苦労掛けちゃって申し訳ない。

そんなこんなで――俺はいったん家に帰って、荷物を纏めると。

迷わず家出しました、ってわけだ。

『進路希望調査票の件、親に真意は聞いたの？』

「ああ、家を出る前にな。母親は、それはお父さんがー、お父さんがー、しか言わないし。父親に電話したら、『なんの問題があるんだ？』だとよ。な、埒《らち》が明かないだろ？」

『ぐぬぬ……』

おいおい。男子高校生のする反応じゃないぞ、それ？　美少女じゃないと許されない系統のやつ。

だけど――色々と心配してくれる友達がいるのは、ありがたいよ。

「ま。明日・明後日《あさって》は土日だし。取りあえず泊まるところを見つけて、それから次のことを考えるよ。ありがとな、千歳」

『……ごめんね。うちに泊めてあげられたらよかったんだけど』

「気にすんなよ、そんなの。千歳のお母さんとねーちゃんに悪いだろ。じゃ、またな」

『ん、分かった。困ったらいつでも連絡してね』

そして――千歳との電話を終えると。

俺は寝泊まりする場所を探して、夜の街へと繰り出した。


「申し訳ありませんが、高校生の方は条例によって、深夜の漫画喫茶の利用は禁止されておりまして――」

「高校生の方の場合、当ホテルの宿泊には保護者の同意が必要となります。宿泊同意書はお持ちでいらっしゃらないですか？　それでは、保護者の方のご連絡先を――」


…………だけど、現実は非情だった。

漫画喫茶とかホテルとか、泊まれる場所を探し回ったけど、どこも駄目。

大半のところは、俺が高校生って時点で門前払いされ。

場所によっては、保護者の同意があればＯＫとか言われたけど……そんなもん、あるわけないし。

最終的には近くの公園で、途方に暮れる羽目になった。

「今日はもう、野宿しかないかぁ……」

ベンチに腰掛けたまま、空に向かって独り言を吐き出す。

だけど空は——ぴちょんと。

俺の眼鏡に水滴を落とすことで、返事してきやがった。

「……マジかよ」

それから程なくして——大粒の雨が降りはじめる。

絶対に野宿なんかできないレベルの大雨。

さすがにまずいと思って、千歳に相談しようとスマホを出すけど……。

「……電池切れ。あー終わった……何もかも、うまくいかねぇなぁ」

泊まるところはない。スマホの充電も切れた。野宿しようにも土砂降りの雨。

なるほど、これが現代の三重苦か。

どうしてこうなった？　……いや、普通に親のせいだわ。

ああ、マジで雨が冷てぇ……全身ずぶ濡《ぬ》れだし、ヤバいなこれ……。

なんか、ボーッとしてきた……死んだら絶対、化けて出てやる……。

『血は水よりも濃い』っていうけど……血も嫌いだし、水も嫌いになりそうだな……。

次第に意識が、朦朧《もうろう》としてきて。

もはや死の危険すら感じはじめた、そんなときに。

「あれ？　鷹戸くん？　そんなにずぶ濡れで、どうしたの？」

俺の目の前に現れて、声を掛けてきたのが。

社交的で世話好きで、誰からも慕われている、同じクラスの美少女。

――加古川青緒だったんだ。

◆◇▼◆

「ん？　おっ、目を覚ました？　こっほん。おーい、鷹戸くーん。私の美貌が見えてるかー？」

「…………あん？」

目を開けた途端、妙なハイテンションで絡《から》まれたもんだから、思わず変な声が出てしまった。

俺の顔を覗《のぞ》き込んでるのは——切れ長の目が特徴的な、眼鏡を掛けた女性だった。

サイドでポニーテールに結んだ茶色い髪。ちょっとだけ太めの眉。

そしてブラウスの襟元からは、艶《なま》めかしい鎖骨が覗いてる。

誰だろう、この人——って、あれ？

なんか、見覚えがあるような……。

「……あ。加古川、先生？」

ぼんやりとしていた頭が、緩やかに覚醒してきたところで。

俺はようやく、その人が知り合いだと認識した。

「おぉ。ようやく私の美貌が見えたらしいね。いや、私の美貌で意識を取り戻したと言った方が正しいか……？」

「ちょっとなに言ってるか、分かんないっすけど」

適当な発言に、適当に返答すると、俺はゆっくり上体を起こした。

それからぐるりと、周囲を見回す。

ここは——さっきまでいた公園じゃない。誰かの部屋だ。

そして、俺が座ってるのは……どうやらベッドの上らしい。

「加古川先生……ここ、どこですか？」

ベッドのそばにいる、この人は——加古川ゆかり。

うちの学年で生物の授業を担当してる、れっきとした高校教師だ。

確かまだ、教師歴二年目とか言ってたような。

そんな年齢的近さも関係してるのか、加古川先生は普段から、フランクに生徒と接している。そういう友達みたいな距離感がいいらしく、女子からの人気は高いイメージだ。

だけど……その加古川先生が、なんでここに？

「ここはね、私の家なんだわ。鷹戸くんが土砂降りの雨に打たれて、気を失ったって聞いてね。慌ててうちに運び込んだわけよ」

「加古川先生の、家……？」

ああ、そういうことか。

保護者の同意がない中、どこにも泊まることができず、公園で死に掛けていた俺を——加古川先生が介抱してくれたと。

「ありがとうございます、助けてもらって。けど……『気を失ったって聞いて』って、言いましたよね？　じゃあ、先生に俺のことを伝えてくれたのは——」

「あ！　鷹戸くんが、目を覚ましてるー‼」

ちょうどそのときだった。

部屋のドアがガチャリと開いて、見知った女子が入ってきたのは。

水の張られた洗面器を持ち、私服の上にエプロンを纏《まと》った彼女。

それは——加古川青緒だった。

雨の公園で、ばったり出逢《であ》って。

意識を失う直前まで目の前にいた、ただのクラスメート。

「加古川が、先生に知らせてくれたのか？」

「うん、そうだよ！　一番早く連絡できる大人が、ゆか姉《ねえ》だったから」

「ゆか姉《ねえ》……ああ、そっか。加古川と加古川先生って、親戚なんだっけ？」

直接聞いたわけじゃないけど、女子たちが話題にしてた覚えがある。

加古川青緒と、加古川ゆかり先生は——従姉妹《いとこ》同士なんだって。

「そんなことより、鷹戸くん！」

「は？」

ぼんやりと、そんなことを思い返していたら。

急に真面目な顔になった加古川が、俺の目の前まで、ずんずんと近づいてきた。

そして。

「なんで身体《からだ》を起こしてんのさ！　も～……まだ寝てなきゃ、だめだよってば‼」

ちょっとだけ語気を強めて、叱ってきたかと思うと。

加古川は洗面器をベッドの脇に置き、俺の肩を摑《つか》んで……ぐいーっと、ベッドに向かって押し倒した。

「ちょっ……加古川？」

「まだ寝てなくちゃ、だめです。あんな雨の中、傘も差さないでいたんだよ？　風邪引いちゃったら困るでしょ」

「そんな大げさな。別に大丈──」

「大げさじゃないでーす！　気付いてないだけで、ウイルスは既に、鷹戸くんの中に潜んでるかもしれないでしょ‼」

やたらオーバーに言いきると。

加古川は瞳を潤ませて、俺のことをじっと見つめてきた。

「取りあえず、今日はうちに泊まっていって？　絆菜《きずな》……妹はちょうど、修学旅行でいないし。ゆか姉《ねえ》もあたしも、気にしないから」

「ちょいちょい、青緒。私が気にしないって、いつ言ったのさ？」

「気にするの？」

「しないけど」

「ほら、いいじゃない。だから、ね？　鷹戸くん……今夜はうちで、一緒に寝よ？」

「言い方、言い方！　加古川、それは誤解を生むからやめよう⁉」

いくらなんでも、とんでも発言がすぎるだろ。

天然なんだか、真面目そうな顔した小悪魔なんだか、よく分かんないけど……その発言のせいで熱が上がりそうだから、勘弁してほしい。

………ん？

「うちに泊まって……って。ここ、加古川先生の家じゃないのか？」

「あ……えっとね、色々と事情があるんだけどね？　あたしと妹は今、ゆか姉《ねえ》と一緒に暮らしてるんだ。だからここは、あたしたち三人のおうち」

「そう、なんだ……？」

三人のおうち、ってことは……加古川と妹さんと先生だけで、生活してんのか？

従姉妹同士で同居している上に、どちらの両親とも、一緒に暮らしていない。

なんだか珍しいなって思うけど——きっと事情があるんだろう。

俺だって、人のことを言えた義理じゃないしな。詮索はしない。

「ああ、余談だけどね鷹戸くん……ここは青緒の部屋で。そして今、君が温《ぬく》もりを感じているそのベッドは——青緒がいつも寝ているベッドなのさ！」

「――っ‼」

唐突に放たれた加古川先生の言葉に慌てた結果、俺はベッドから転げ落ちる。

「きゃっ⁉　鷹戸くん、大丈夫⁉」

そんな俺の身体を……ギュッと、自分の方へと抱き寄せる加古川。

加古川の大きくて柔らかな胸が、俺の左肩に触れる。

ふわっと漂う、甘いミルクのような香り。

それがあまりにも、さっきまで寝ていたベッドと同じ匂いすぎて――頭がくらくらしてくる。

「ゆか姉《ねえ》！　病人をからかっちゃ、だめだよってば‼」

「ははははっ！　ごめんごめん、青緒。ま、そーいうことで鷹戸くん……今日のところはおとなしく、うちに泊まっていきな？　親御さんには、私から連絡しとくから」

――親に、連絡。

その言葉を聞いた途端、全身が一気に冷えていくのを感じた。

「……すみません、先生。親には連絡しないでください。連絡したら、それこそ――すぐに連れ戻されると思うから」

自身の感情を悟られないよう、できるだけ冷静に応える俺。

すると、話を聞いていた加古川は。

何を思ったのか――俺の頭をよしよしと、撫《な》ではじめた。

「は？　か、加古川⁉　何してんだよ⁉」

「え？　だって鷹戸くん、なんだか辛《つら》そうだったから。辛いの辛いの、とんでけーって……してあげたいなって。そう思ったんだよ」

当たり前みたいにそう言うと、加古川はふんわりと笑う。

その笑顔は、穏やかな慈母のようで。暗い道を照らす、灯火みたいで。

――加古川がみんなから慕われる理由が、なんか分かった気がするよ。

「ん、大体分かったわ」

腕組みをした加古川先生は、大きく頷《うなず》いた。

「だけどね……親御さんの承諾もなく未成年を匿《かくま》うと、私が罪に問われるんだわ。二十四歳なんて楽しい盛りで、犯罪者にはなりたくないわけよ」

「……じゃあ、俺を親に突き出すって言うんですか？」

「違うよ。そうじゃないって」

苦笑しながら、パチンとウィンクを決めると。

加古川ゆかり先生は……得意げな調子で言い放った。

「――ま。ここは先生に任せときなさい？　私がうまいこと、話をつけてあげるから」

――ドヤ顔の加古川先生が、席を外した数分後。

スマホ片手に戻ってきた先生は――より一層のドヤ顔で言った。

「鷹戸くんのお父さんと話してきたよ。取りあえず、今日泊まっていくことについては、OKをもらえたわ！」

「やったぁ！　さすがだよ、ゆか姉《ねえ》‼」

加古川は無邪気に跳びはねて、パチパチと先生に拍手を送っている。

先生はえっへんと胸を張って、誇らしげに頬を綻ばせてる。

だけど俺は……戸惑いすぎて、どんな顔をしていいのか分からない。

あの頑固で融通の利《き》かない父親が？　こんな無茶苦茶な外泊話を、許可した？

そんなこと、ありえるわけ……いや。

ないこともないか。ひょっとしたら、あの人の中では。

自分に逆らう息子のことなんて、とっくに――『どうでもいい存在』になってるのかもしれないしな。

「ま。今日のところは、ゆっくり寝な？　考えるのは……明日になってから」

「そうそう！　あたしたち『家族』は、鷹戸くんのことを歓迎してるから。だから今日は、ゆっくり休んでね？」

血の繋《つな》がった家族のことを考えて、ネガティブになりかけていた俺に。

赤の他人なはずの二人の、温かい言葉は……心の中に、じんわりと染《し》みた。

「ありがとうございます、先生。ありがとう、加古川。『家族』……か。いい表現だな。

確かに二人って、従姉妹同士っていうより、姉妹みたいな雰囲気だもんな」

「えへへー。こちらこそありがとうだよ、鷹戸くん！　本当の家族みたいに見えるって言われると、なんだか嬉《うれ》しいよ。それって……あたしたちの『家族契約』が、それだけ強い繋がりに見えてるってことだもん！」


――――『家族契約』？


なんだそれ？

なんて……そのときの俺はただ、首を傾《かし》げることしかできなかった。

第2話　家に帰らなかった俺、『家族』に焦がれる

――高校二年の、一学期初日。

新しい教室に入ってすぐ、俺は見知った顔を見つけた。

「よ。今年も同じクラスだな、千歳《ちとせ》」

「うん。よろしくね、流稀《りゅうき》」

襟足長めな黒髪。なんだか眠たげに見える目元。

どちらかっていうと中性的な見た目なんだけど、実は勉強もスポーツも器用にこなす、文武両道タイプ。

それが鮎村《あゆむら》千歳。去年、同じクラスになった縁で仲良くなり、以降なんだかんだで一番つるんでる男友達だ。

一方の俺――鷹戸《たかと》流稀はというと。

真面目っぽく眼鏡を掛けてるし。前髪はちょっと長いけど、髪型はさっぱりしてるし。服装もごくごく普通だし、特別ガタイがいいとかでもない。

なんだけど……目つきがね？　生まれつき少し鋭いってのと。

口元がね？　黙っていると生まれつき、への字口になってしまうもんだから。一人で静かにしてると、「怖そう」だとか「怒ってそう」だとか、そんな風に勘違いされやすい。

千歳に比べると、損な見た目だよなって……思わずにはいられない。

「にしても、知らない顔が多いな。女子なんて、ほとんど見たことない顔ぶれだし」

「去年一緒だった女子は、あんまりいないみたいだよ。二人とか三人くらい。あ……だけど、ほら。加古川《かこがわ》さんは知ってるでしょ？　今年は同じクラスみたい」

「あー。加古川は、さすがに分かるな」

そんな他愛もない雑談に興じていると。

ガラッとドアが開いて――一人の少女が、教室に入ってきた。

さらさらと波打つ、栗色のミディアムボブヘア。花の形のヘアピン。

雪のように白い肌と、一点だけ赤く煌《きら》めいて見える唇。

セーラー服の胸元あたりは、豊かな膨らみによって押し上げられていて、見事な曲線美が生み出されている。

そう――彼女こそが。

今まさに話題にしていた同級生、加古川青緒《あお》だ。

「あ、青緒だ。おっはよー」

「うん、おはよう。今年も同じクラスだねー」

「青緒ママー！　うちもいるよー‼　大好きー‼」

「あははっ、新学期から元気だなぁ。今年もあたし、ママ扱いなのー？」

「もち！　うちらみたいな堕落した奴《やつ》らにゃ、しっかり者の青緒ママが必要なのよ。ちゃんと自分でも頑張ります！　けど、頑張っても駄目なときは……今年も頼らせてぇ？」

「も～、甘え上手なんだからぁ。最初からサボるのは、なしだからね？　分かった？」

——去年は別のクラスだったのに、俺たちがなぜ加古川を知っているのか。

答えは簡単。

加古川青緒が、学年でも一・二を争うほどの有名人だからだ。

ほわっとした笑みを、絶えず浮かべていて。

誰にでも明るく、穏やかに接していて。

そして、誰かが困っていると……いの一番に声を掛けて、世話を焼こうとする突き抜けた優しさを持っている。

見た目も性格も、非の打ちどころがない女子高校生。それが加古川青緒なんだ。

なので当然、男女問わず、学年中の誰からも慕われてるし。

仲の良い女子に至っては、『青緒ママ』なんて愛称で呼んで、明るくて世話好きな加古川に甘えたりもしている。

「……ん？　あたしに何か御用かな？」

「え？」

千歳との話の流れから、ぼんやりと加古川のことを眺めていたら——視線に気付いた加古川が、こちらに顔を向けてきた。

小首を傾げた加古川の、水晶のように煌めく瞳。

その澄んだ輝きに、何も言えずにいたら……加古川は無邪気に笑った。

「……ま、いいやっ。それより、今日から同じクラスだね？　どうぞよろしくねっ‼」

——そんな加古川青緒の家に、まさか転がり込むことになるだなんてな。

まったく人生ってのは、何が起きるか分かんねぇや……本当に。

▲◇▼◆

「…………朝か」

カーテンの隙間から差し込む陽光が眩《まぶ》しくて、俺は目を覚ました。

掛けていたタオルケットを剝いで、ゆっくりと上体を起こす。

そのまま姿勢を変えて、背もたれに寄り掛かると、カーペットに足をおろした。

俺が今までベッド代わりにしてたのは、このふかふかしたソファ。

そして今いる空間は、いわゆるリビング。

……もちろん、リビングといっても、俺の家じゃない。

ホテルや漫画喫茶とかでも、当然ない。

そう、ここは——加古川家のリビングだ。

「あ。おはよう、鷹戸くん！　どうかな、よく眠れたかな？」

俺の気配に気付いたのか、リビングと繫がってるダイニングキッチンの方から、加古川がひょこっと顔を出してきた。

加古川の格好は——いわゆるガーリー系のもの。

可愛《かわい》らしいブラウスと、水色のスカートを身に纏《まと》ったその佇《たたず》まいは、深窓の令嬢のように優美で可憐《かれん》。

当たり前だけど、学校ではセーラー服とかしか着てないから……こういう加古川を見るのは、なんだか新鮮だ。

「わぁー。昨日の夜もそうだったけど、鷹戸くんが学ラン以外の格好なのって、なんか新鮮だね？　ちょっと照れちゃう」

「え⁉　あ……そ、そう？」

あ、焦《あせ》った……心の中を読まれたのかと思った……。

でも、今の俺の格好って、ただのロングTシャツとだぼだぼのズボンだぜ？　完全なる寝間着仕様。

学ランを着てないのは珍しいかもしれないけど、照れられても……そんなん言われたら、俺の方はその億千万倍は照れなきゃいけなくなるんだけど？

なんて、くだらないことを考えていたら。

加古川がふいに、てこてこ近づいてきて――俺の顔を覗《のぞ》き込んだ。

「鷹戸くん。身体《からだ》の調子は、どうですか？」

「え？　ああ……おかげさまで、一晩寝たら回復したよ。寒気もないし、喉の痛みもない。風邪的な心配なら、大丈夫だ」

「本当にぃ～？　心配だなぁ」

なぜだか疑惑の眼差《まなざ》しを向けてくる加古川。

そして何を思ったのか、加古川は俺の前髪を、さっと掻《か》き上げると――。

――自分のおでこを、俺のおでこに、ぴとっと当てた。

「は……っ⁉」

「動かないでよー。お熱があるか、測るんだから」

さくらんぼのように赤く、潤いを帯びた、加古川の唇。

白磁のように綺麗《きれい》で、マシュマロのように柔らかそうな、加古川のほっぺた。

それが僅か数センチ先にある。

こんな状況で――動くなって方が、無理な話じゃない⁉

「むぅ……なんだか熱いような……？　さては、お風邪さん……⁉」

「違うな⁉　とんでもない誤診だぞ、それ！　取りあえず離れてくれって‼」

慌てて加古川を引き剝がすと、俺は額に滲《にじ》んだ汗を拭った。

加古川……誰にでも優しくて、世話好きな奴だとは思ってたけど。まさかここまでだとは思わなかった。

こんなんただの、優しいハニートラップだからな？　普通の男子高校生が喰《く》らったら、色んなところが熱を帯びてくるタイプの。

「……あ⁉　え、え、えぅ……ごめんなさい鷹戸くん……おでこ当てるとか、やりすぎだったよね？」

すると――加古川は。

急に恥ずかしくなったのか、顔を真っ赤にして謝りはじめた。

「い、いや、まぁ……やりすぎはやりすぎだけど。普段から『青緒ママ』って呼ばれてるだけのことはあるなって、思っただけっていうか……加古川らしいといえば、加古川らしいなって……」

「ま、待ってよ⁉　確かにやりすぎちゃったのは認めるし……女子相手だったら普通にやってるけど。だけど、こんなこと――他の男子には、やらないんだよってば‼」

…………はい？

えっと……何をおっしゃっているの？

「加古川。その言い方は、誤解を招くぞ？　それだと、このおでこ当てをやるのは……男子では俺だけだって。そういう意味に取られるからな？　違うだろ？」

「まったく違わないよ⁉　さすがにあたしだって、異性にこんなはしたないこと――普段はしないもん！」

「え、まさか加古川……俺のこと、女だと思ってる？」

「思ってないよ⁉　鷹戸くんの、ばぁか！」

顔を真っ赤にした加古川が、いーって顔を向けてきた。

女心は複雑っていうか、よく分かんねぇな。

だけど――。

四月に同じクラスになってから、多少の会話をした程度で、ほとんど接点なんてなかった加古川と。

まさかこんな不思議な状況で、他愛もない話をすることになるだなんて――夢にも思わなかったよ。

やっぱり、何が起きるか分かんねぇな。人生って。

◆◇◆◇

それから俺は、洗面所で着替えを済ませると。

加古川が用意してくれた朝食の並ぶ、ダイニングテーブルについた。

「これ……全部、加古川が作ったのか？」

「そうだよー。簡単なものばっかりで、ごめんねだけど」

いやいや、そんな謙遜するようなレベルじゃないぞ？

白飯と味噌汁《みそしる》、サラダにベーコン。ふわふわとろとろって形容がぴったりな、出来たてのオムレツ。そしてデザートには、ブルーベリーソースのかかったヨーグルト。

……ホテルの朝食を取り寄せましたって言われても、多分信じると思う。

高校生が軽く作ったにしては凄《す》すぎだって。

ああ……なんか見てたら、腹が減ってきたな。

というわけで、俺は作ってくれた加古川に感謝しつつ、朝食をいただくことにした。

「あれ？　そういや加古川先生は？　どっか出掛けてんのか？」

「ううん。ゆか姉《ねえ》はいっつも寝起きが悪いからね。お休みの日だと、お昼近くまで爆睡してるんだー」

「へぇ。じゃあ普段は、加古川が先生を起こしてんの？」

「そうだよー。ゆか姉《ねえ》も妹も、目覚ましが鳴っても……ぜーんっぜん！　まーったく‼　起きないんだもん！　困っちゃうよね？」

身振り手振りを交えながら、困ったとばかりに頬を膨らます加古川。

そんな仕草が、なんだか小動物みたいで……俺は思わず、噴き出してしまった。

「あー。人の顔見て、笑わないでくださーい」

「無茶言うなよ、笑わせにきたくせに」

「笑わせにいってないよー‼ も〜……あははっ！ なんか、楽しいね？ こんなにいっぱい鷹戸くんと話したの、初めてだし」

「ほんとにな」

そもそも俺は、加古川に限らず、女子と話すこと自体が多くない。

高校に入ってから——恋人ができたとか、誰々に告白しようと思ってるとか。周りではそんな話題が、しょっちゅう飛び交ってるけど。

俺は無意識に、そういう色恋沙汰を……避けてるんだと思う。


たとえば誰かと付き合ったとき、その結末は——大きく分けて二つだ。

ひとつは、途中で別れる結末。

もうひとつは、生涯をともにする結末。つまりは……家族になる結末だ。

後者はきっと、一般的には『ハッピーエンド』に分類されることが多いんだろう。

だけど俺には……どちらの結末も、『バッドエンド』にしか見えない。

別れを経験するのは、当然辛《つら》いと思うし。かといって、誰かと家族になったとしても、明るい未来なんか想像できない。

だって——幸せな家族なんて、一度も経験したことないんだから。

「ねぇ、鷹戸くん。昨日あたしが言った『家族契約』って、覚えてる？」

俺が朝食を食べ終わったあたりで。

加古川は唐突に、そんな話題を振ってきた。

「ああ、覚えてるよ。あのときは頭がぼんやりしてたから、流しちゃったけど。聞き覚えのない言葉だなとは思った」

「気になる？」

「気にはなる。けど……聞いても聞かなくてもいい」

「どうして？」

「話したくないことなら、無理に話させても悪いしな。『家族契約』ってのが何か知らんが——複雑な事情がありそうだし。そういうのって、他人に土足で踏み込まれたくない話題かもしれないだろ？」

言いながら俺は、自分の家族のことを振り返る。

他人の考えを認めないわ、すぐキレるわ、勝手に人の進路を決めようとするわ。

あんな理不尽な父親のことなんざ……好き好んで他人に話したくはない。

そういうのって、誰にでもあるんじゃないか？

心の隅っこにしまって、鍵を掛けて。誰にも触れられないようにしておきたい——そんな事情っていうものが。

「……鷹戸くんって、やっぱり優しいよね」

ダイニングテーブルに頬杖《ほおづえ》をつくと、加古川は呟《つぶや》くように言った。

そして、少しだけ潤んだ瞳でこちらを見つめて。

「ありがとう。確かに普段のあたしなら——『家族』のことは詮索されたくないよ。けどね、なんだか鷹戸くんには……聞いてほしいなぁって、思ったんだ。あ！　もちろん、鷹戸くんの重荷になるようなら、話さなくても大丈夫だけどね？」

「別に重荷じゃないけど……なんで俺だけ、そんな特別扱いなんだよ？　今もそうだし、さっき熱を測ったときだって」

繰り返しになるが、俺と加古川にはこれまで、接点なんてほとんどなかった。

それなのに、妙に距離が近かったり、秘密を打ち明けようとしてきたり。

加古川はどうして——ここまで俺に、心を開いてくるんだ？

「そうだなぁ……あたしたちに似てるから、かな？　寂しそうな眼《め》をしてるのに、それを見せないよう一生懸命頑張ってる。鷹戸くんの——そんなところが」

――甘い囁《ささや》きにも似た、加古川のその言葉に。

俺は不覚にもドキッとしてしまった。

それから加古川は、そばにあったラックケースから、二枚綴《つづ》りの紙を取り出すと。

ダイニングテーブルの上に、すっと置いた。

「これがね、あたしたち『家族』を繋《つな》ぐもの……『家族契約』の証《あかし》なんだよ」

それは紛れもない、契約書だった。

第一条～とか、本契約は～とか、難しそうな文言が羅列されている。

けれど、その一番上に記された――契約書の名称は。

かしこまった契約書とは思えないほど、おかしなフレーズになっていた。

そう――『家族契約書』と。

「なんだ、これ？　子ども向け雑誌の付録とか、パーティーグッズとかか？」

「あははっ！　確かにそう見えるかも。法的な根拠があるものじゃないしね？　だけどね、あたしたち三人にとっては――大切な『家族』の証なんだっ」

綴りをぺらりとめくると。

二枚目には、契約を結んだらしい三人の名前と……その関係性が記載されていた。

加古川ゆかり……【長妹】青緒　【次妹】絆菜
加古川青緒……【姉】ゆかり　【妹】絆菜
加古川絆菜……【長姉】ゆかり　【次姉】青緒

「――あたしと絆菜《きずな》にはね、お父さんもお母さんもいないの」

加古川がぽつりと漏らす。

俺が顔を上げると……加古川はどこか遠い目をしていた。

「お母さんは交通事故で、あたしが小学生の頃に帰らぬ人になって。それからは、お父さんと絆菜と、三人で暮らしてたんだけど……中学を卒業する前にね。お父さんも病気で、天国に旅立っちゃったんだ。そんなあたしたちを引き取ってくれたのが、ゆか姉《ねえ》。ゆか姉《ねえ》がいなかったら、あたしたち――施設に入ってたかも」

まるで御伽話《おとぎばなし》でも朗読するように。

加古川は淡々と、言葉を紡《つむ》いでいく。

けれど、その内容は……一度で咀嚼《そしゃく》するには、あまりにも重すぎるものだった。

それから加古川は――ちらっと俺を見て。

「……正直ね。引き取ってくれて嬉《うれ》しかったけど、引け目もあったの。確かにゆか姉《ねえ》は、父方の従姉《いとこ》──親戚だけど。お父さんやお母さんや絆菜に比べたら、血の繋がりだって薄いじゃない？　なのに、いっぱい迷惑掛けちゃって……いいのかなって」

──血の繋がり。

奇《く》しくもそれは、家出をした当日、俺の脳裏をよぎったフレーズだった。

「──そこで、私は言ったわけ。たとえ身体《からだ》を流れる血が同じじゃなくても、たとえ血の繋がりが薄くても……気持ちが繋がっていれば、『家族』になれるんだってね！」

そんなタイミングで。

加古川とは違う得意げな声が、部屋の中に響き渡った。

俺と加古川は顔を見合わせてから、声のしたリビングの方へと向き直る。

するとそこには──いつの間にか起きてきたらしい、タンクトップ姿の加古川ゆかり先生が立っていた。

「あ、ゆか姉《ねえ》。今日は早起きだね！」

「私だって、やればできるんだわ。もっと褒めていいよ？」

よくそんなドヤ顔できるな？　もう十時半過ぎなんだけど？

なんて、呆《あき》れていると……先生はダイニングテーブルのそばまで近づいてきて、『家族契約書』の上にバンッと手を置いた。

「そして私は、この『家族契約書』を作ったわけ。『従姉』だからって気を遣わず、私のことは本当の『姉』だと思って、二人ともいつでも甘えてねって——そんなメッセージを込めて。どう？　この契約書、よくできてると思わない？」

「よくできてるとか、そういう問題っすかね……加古川と妹さんは実の姉妹なんだから、書く必要ある？　とか。ここだけフォントサイズが大きくなってるけど、ミスかな？　とか。ツッコミ出すとキリが——」

「いちいち細かいなぁ！」

満足のいく回答じゃなかったらしく、俺の発言を途中で遮ってくる加古川先生。

およそ教育者のやることとは思えねぇ。

「あははっ！　でもね、鷹戸くん？　この『家族契約』のおかげで、あたしと絆菜が救われたっていうのは、本当なんだよ？」

そんな俺と先生のやり取りを見ていた加古川は。

柔らかな微笑《ほほえ》みを湛《たた》えながら、言ったんだ。

「本当の家族を亡《な》くして、途方に暮れてたあたしたちを——ゆか姉《ねえ》は『家族』として迎え入れてくれた。血の繋がりなんて関係なく、気持ちと気持ちで繋がった『家族』としてね。そんな、ゆか姉《ねえ》の優しさのおかげで……あたしはこうして、元気でいられてるんだ！」

——血の繋がりなんて関係なく。

——気持ちと気持ちで繋がった『家族』……か。

加古川が口にした、その言葉は。

血の繋がった家族との不和で、家を飛び出してきた俺にとって。

心の繋がりなんて、分からなくなっていた俺にとって。

——やけに甘美な響きに聞こえた。

「……俺にもそんな繋がりが、あれば良かったのにな……」

呪いのような繋がりじゃなく。

温かな糸で結ばれた『家族』なんてものが——俺にもあれば良かったのに。

「ああ。そういえば、鷹戸くん」

そんな俺の気持ちを、知ってか知らずか。

加古川先生は、俺の肩にぽんっと手を置いて、言った。

「君のお父さんから宿泊の許可を得ているのは、昨日の晩だけだ。今日はちゃんと、家に帰れるかい？」

「……帰らないって言ったら、どうするんです？」

「ご家族に直接、引き渡すしかないかな。これでも教師なんでね。家出少年をそのまま放置ってわけには、いかないんだわ」

「……なるほど。『家族』のところにいれば、いいわけですね？」


自分でも分かってる。

すっげぇ馬鹿げた発想だって。普通に迷惑な考えだって。

だけど……もう家には帰らないって決めた俺には。

『家族契約』なんて、奇妙で奇天烈《きてれつ》な発想を知ってしまった俺には。

――――これ以外の答えが、思いつかなかったから。

「お願いです、加古川先生。俺とも『家族契約』して……『家族』になってください」

第3話　決意を固めた俺、『家族』と契約する

――俺とも『家族契約』して……『家族』になってください。

俺は確かにそう言った。

二十代半ばの、独身の女性教師に向かって。

……え？　なんか取りようによっては、セクハラ発言っぽくない？

俺がそんなことに思い至ったのは、発言後しばらくしてから。

――独身女性教師こと加古川《かこがわ》ゆかり先生が、いったん席を外した後だった。

「……思い返してみると、とんでもない発言だったな」

「思い返さなくっても、とんでもないってば。鷹戸《たかと》くんって結構、大胆なことするよね。

ばぁか」

加古川家のリビングのソファに座って、ぼんやりと呟いたら。

隣にいる加古川青緒《あお》が……なぜか唇を尖《とが》らせてきた。

ソファの上なのに、わざわざ体育座りをしている加古川。そんな彼女は、ブラウスとフレアスカートというガーリーな格好をしている。

そして雪のように白い肌と、くっきりと大きな瞳。

まるで精巧な人形のような見た目だってのに……やたらコミカルな表情をしてるんだもんな。そのギャップに、いっそ愛嬌《あいきょう》すら感じる。

一方の俺は――上はTシャツ、下はチノパン。

加古川と比較したら、ラフすぎるっていうか、みすぼらしいっていうか。

「ねぇ、鷹戸くん……本当にここで暮らすつもり、なの？」

「……迷惑、だよな？　普通にごめん」

気まずさを誤魔化すように、俺は目元に掛かった前髪を弄《いじ》る。

「数日だけで構わないんだ。次に行くところが見つかるまで……なんだったら、庭にテントを張るとかでもいいからさ！　だから今日のところは――」

「待って待って！　迷惑じゃないし、テントなんか張らなくっていいってば⁉　そういうことが言いたいんじゃなくって……本当におうちに帰らなくて、いいのかなって。お父さんやお母さんだって、心配してるんじゃない？」

体育座りのまま、澄んだ瞳で問い掛けてくる加古川。

そんなピュアな質問に——俺は苦笑交じりに答えた。

「……少なくとも父親は、絶対に心配してないよ。それに俺だって、帰るつもりはない。帰ったら百パー、同じことの繰り返しになるからな。俺はもう——自分の生き方は、自分で決めたいんだ」

「頑固だなぁ、鷹戸くんってば。それで選んだのが、あたしたちとの『家族契約』なんでしょ？　やっぱり大胆がすぎるよ」

「……それしかないって思ったんだよ。昨日、散々思い知らされたからな。俺には未成年っていう枷《かせ》が、あるんだって」

未成年の制約は、めちゃくちゃ大きい。

ホテルや漫画喫茶に泊まろうとしても、親の同意を求められるし。

家を借りようとしても、保証人になる大人が必要。

百歩譲って、同意とか保証人とかをクリアできたとしても……数日もすれば、持ち金は底を突く。

じゃあ、アルバイトをするしかないってなるけど——その面接でも確実に、保護者のことを聞かれるだろう。

悲しいけど、これが現実だ。

「家族といたくない未成年にとって、この世の中は不便すぎる。だけど、もし『家族契約』で新しい『家族』を作ったら……どうだ？」

「どうもならないよ⁉　名前は『契約』だけど、これはゆか姉《ねえ》が勝手に作ったもので！　法的な根拠はないんだよってば‼」

「……そこはほら、勢いでごり押せば」

「ごり押しなの⁉　勢いとパワーで押しきれるなら、法律はいらないんだよ⁉」

「——おいおーい。なぁに騒いでんだ、二人とも？」

二人で不毛な争いをしていると、加古川先生がリビングに戻ってきた。

さっきまでの寝起きの格好とは異なり、無地のＴシャツとフレアスカートという出で立《い》ち《た》で。茶色に染めた髪は、サイドポニーテールに結われている。

そして加古川先生は、胸元を飾る花モチーフのネックレスを、指で弾《はじ》くと。

得意げな顔で——二枚綴《つづ》りになってる紙を、突き出してきた。

一番上に書かれた、その名称は——『家族契約書』。

「じゃーん！『家族契約書』改訂版でーす‼　ゆかり先生が一晩と言わず、七・八分でやってくれました！　はい、賞賛の声は？」

「そういうの、自分で求めるのって虚《むな》しくないです？」

「わー！　ゆか姉《ねえ》、すごーい！　さっすがー‼」

加古川って、思ってた以上に素直だよな……。

そして加古川の賞賛に対して、ドヤドヤした笑みを浮かべてる先生も、思ってた以上にお調子者だなって思う。

「ってなわけで……リクエストどおり、君も『家族契約』ができるよう、改訂版を作ったわけだけど。本気で『家族契約』するってことで、いいのかな？」

先生の問い掛けに、「イエス」って即答しようとしたけれど。

ふっと……さっきの加古川との会話が、脳裏をよぎった。

「先生……この契約って、先生が自作しただけのものなんですよね？　だったら、万が一うちの親が――俺を連れ戻そうとしてきたとしたら。俺はどうなります？」

「帰るしかないよ、そりゃ。親が納得してないのに、君をずっと匿《かくま》ったりなんかしたら、未成年者誘拐の罪で私がお縄だもの」

「……まぁ。そう、ですよね」

さっきまで盛り上がっていた気持ちが、一気にしぼんでいくのを感じた。

そうだよな。ちょっと契約するだけで、家に帰らず済んで、しかも寝泊まりするところまで確保できるとか……そんなうまい話、あるわけないか。

「こっほん。鷹戸くん、最後まで話は聞きなさい？　確かに法的根拠はないし、親権者が訴えてきたら負けるけどね？　それでも――『家族契約』っていう証《あかし》があるなら。気持ちと気持ちで繋《つな》がっているなら。私は君のために、全力を尽くすって誓うよ。具体的には――お父さんを説得してみせようじゃないのさ！」

……………説得する？　あの堅物な父親を？

「ただのごり押しって言いません、それ？」

「ああ、ただのごり押しだわ。だけど、勢いとパワーで、法律なんかぶっ飛ばしてやろうじゃん！　――なんかそういうの、『家族』って感じじゃない？」

そう……なのか？

俺の思う一般的な家族像と、一致してるような違うような、微妙なところだけど。

でも、なぜだろう。不思議なんだけど。

先生の言葉に――胸が熱くなるのを感じたんだ。

ちらっと、加古川の方を見やる。

加古川は俺たちのやり取りを眺めて、困ったように眉をひそめてるものの。

――優しく微笑《ほほえ》んでくれていた。

「……決めました。先生」

加古川の笑顔で決意を固めた俺は、立ち上がって。

先生に頭を下げながら、言ったんだ。

「悔しいけど……高校生の俺の力だけじゃ、現状を変えることはできないから。だから、『家族契約』をさせてください――力を貸してください、加古川先生！」

◆◇▼◆

From：父親
件名：今後に関して
内容：先ほど、加古川先生から電話をいただき、概《おおむ》ねの事情は伺った。
一晩も頭を冷やせば反省するだろうと思っていたが……正直がっかりしたよ。
進路のことも、日々の生活のことも、お前はいつも親の言うことを聞かないな。
そちらで暮らすというのなら、許可してやる。好きにすればいい。

「……うぜぇ。文面だけでイラつかせるとか、才能だよな……」

父親からのメールに怒りを煮えたぎらせつつ、俺はぶつぶつ呟《つぶや》いた。

っていうか、このご時世にキャリアメールって。

今どきＲＩＮＥとか、そういうメールアプリも使えねぇのかよ。この堅物は。

――『家族契約』をするから、力を貸してほしいって。

頭を下げた俺に対して、加古川先生は「願い、聞き届けたり～」なんて、冗談めかした返事をしてから……リビングを出ていった。

それから間もなくして。

うちの父親との電話を終えたらしい先生が、再びリビングに戻ってくると。

その数分後――このメールが、父親から送られてきたってわけだ。

メールの語り口には正直、心底イラッとした。

だけど……このメールの内容って。

俺が家に帰らず、加古川家で借り暮らしするのを……承諾した、ってことだよな？

「人の意見を聞かない、いつだって自分が正しい、自分にすべて従うのが当然。そんな傍若無人で頑固者なあいつが……こんな無茶苦茶な話を、ＯＫしたってのか？　マジかよ……先生、一体どんな魔法を使ったんだ？」

「そ・れ・は～……ゆかりの、色仕掛けっ☆」

「ごめん先生。身内のことでそのネタは、きつすぎる」

小粋なジョークのつもりなんだろうけど、なんか想像したら真顔になっちゃったんですが？　どうしてくれんだよ。

だけど加古川先生は、なんか楽しそうに、けらけら笑ってる。

そして加古川はというと――瞳を潤ませながら。

俺の手を優しく握ってきた。

「鷹戸くん……さっきはごめんね？　鷹戸くんの気持ちも考えずに、おうちに帰った方がいいんじゃないかなって――無責任なこと言っちゃった」

「いや、無責任じゃないと思うけど……どちらかというと、先生よりも責任感のある発言をしてたんじゃないかと」

「キャンセルの電話、お父さんに入れようかぁ？」

「ごめんなさいごめんなさい。先生はいつも、責任感のある素晴らしい大人です」

そんな寸劇を見た加古川は。

くすっと、可愛《かわい》らしく笑った。

「あたしにはあたしの、鷹戸くんには鷹戸くんの、それぞれの事情がある。だから――鷹戸くんのことは、鷹戸くんに任せるよ。帰った方がいいとも、帰んない方がいいとも、もう言わない。だけど『家族契約』を結んだら――鷹戸くんを『家族』として、温かく迎え入れる！　それだけは約束するよ‼」

「加古川……ありがとな」

明るくて、社交的で。

困ってる人がいたら、誰であろうと放っておけない。

そんな世話好きで心優しい性格だからこそ、学年中の誰からも慕われている――加古川青緒。

昨日・今日とたくさん話して。加古川が根っからそういう子なんだってことが、俺にもよく分かったよ。

「さて。それじゃあ、鷹戸くん。改めて――『家族契約』について説明するわね」

加古川先生の言葉を受けて、俺たち三人はリビングから、ダイニングテーブルの方へと移動した。

俺の正面に、加古川が座って。

加古川先生が、その右隣に腰掛ける。

そして先生がテーブルに置いたのは、『家族契約書』改訂版と、今どき珍しい万年筆。

こんな奇天烈《きてれつ》な契約書ではあるが——そこに書かれている内容は、思いのほか平凡なものだった。

本契約を締結した時点から、契約者は『家族』になる……からはじまって。

掃除、洗濯、風呂《ふろ》掃除等は『家族』全員で分担する……とか。

入浴中やトイレ使用中の『家族』を、許可なく覗《のぞ》き見ることは禁じる……とか。

『家族』はお互いを慈《いつく》しみ、大切に想《おも》いあうことを遵守する……とか。

そして、契約書の最後には。

今日の日付と、氏名を記入する欄が設けられていた。

「それじゃあ先に、私と青緒がサインするわ。青緒、改訂前とそんなに違いはないはずだけど。相違はなかった？」

「うん、大丈夫だよ！」

最初に先生が、次に加古川が。

テーブルに置かれた万年筆で、自署を終えた。

「では、鷹戸くん。『家族契約書』の内容に異議がなければ、サインをお願いするよ」

「本物の契約なわけでもないのに、やたら仰々しいですね……手書きでサインとか、めちゃくちゃ本格的」

「ふふっ。まだまだだね、鷹戸くん」

なんか、すっげぇムカつく笑い方をして。

腕組みをしたまま、加古川先生は言った。

「家族を指す言葉に、血縁っていうのがあるよね。それはつまり——血の繋がり。身体《からだ》を流れる血が同じであることを、家族の証として定義してるわけだ。それじゃあ、私たち『家族』は……何を証にすればいいだろう？」

そして先生は、その細い指先で。

契約書に手書きされた、自身の名前をなぞった。

「この紙の上に並んだ名前が、同じインクで書かれたものなら……血の繋がりと同じように、証にできると思うんだ。血よりも濃い、この万年筆のインクこそが——私たち『家族』に共通して流れる、血に代わる証にね」

なんだ、その理屈。
血よりも万年筆のインクの方が濃い……のか？　本当に？
丁寧に説明された結果、余計に疑問が湧いてきて困る。
だけど——。
「……ええ。分かりました。異議はないです」
加古川先生の理屈は、正直めちゃくちゃで、わけが分からない。
なのに、さっきからなぜか……ずっとドキドキしてるんだよ。
この黒いインクで綴《つづ》られた、名前の連なりが。
俺の新しい『家族』の、はじまりになる。
——そんな予感がするから。

家族契約者：　加古川ゆかり　加古川青緒　鷹戸流稀

「お。絆菜《きずな》がサインできるよう、スペースを残しておいてくれたんだな」
「え？　ああ……妹さんより前に名前を書くのは、さすがに悪いかなって。もともとは妹さんの方が、先に契約してたわけだし」

「鷹戸くん、優しいなぁ。ありがとうね！」

そんなに言われるほどのことじゃないと思うけど……まぁ、いいや。

そして俺が万年筆を置くと、先生はホッチキス留めされた『家族契約書』改訂版をめくり、二枚目を表に出した。

そこに印字されているのは、四人の名前——加古川ゆかり、加古川青緒、加古川絆菜、鷹戸流稀《りゅうき》。

……………印字？

「って、なんで最初から印刷してあるんだよ！　血よりも濃い万年筆のインクは、どこいった⁉」

「そりゃあ、サイン以外の部分まで手書きしないでしょーよ。普通の契約書でもそうじゃない？　甲と乙がどうたら〜……って」

「……いや、契約書には詳しくないけど。けど、俺がまだサインしてないうちに用意したのに、俺の名前が印刷されてるってのは、さすがに変じゃない？」

「こーまーかーいーなぁ‼　あーもぉ、シュレッダーしちゃおっかなぁー‼」

はい、ごめんなさい。

いちいちツッコミすぎました。

「こっほん。では気を取り直して。ここからは『家族契約』において、最も重要といっても過言ではない取り決め事項――『続柄《つづきがら》』を決めていくわよ！」

加古川先生がテンションを上げて、言い放った。

……『続柄』を決める？　とは？

いまいちピンとこなくって、俺は首を捻《ひね》る。

そんな俺を見て察したのか、先生は説明口調で語り出した。

「続柄とは、親族間の関係のこと。たとえば青緒から見たとき、絆菜の続柄は『妹』。そして、私の本来の続柄は『従姉《いとこ》』。もしくは『父方従姉』ね」

「本来の？　……ああ、なるほど。そういえば最初の『家族契約書』にも、『従姉』じゃなくて『姉』って書いてありましたね」

「そうそう！　『家族契約』の中では、ゆか姉《ねえ》は『従姉』じゃなくって――あたしの『姉』なんだ。だからあたしは、ゆか姉《ねえ》のことを本当のお姉ちゃんだと思って、接してるんだよ！」

先生と加古川は、分かるような分からないような説明をしてから。

テーブルにあった万年筆を使って……改訂前の契約で決まっていた箇所にだけ、『続柄』を書き込んでいった。

加古川ゆかり……　【長妹】青緒　【次妹】絆菜　【　】流稀
加古川青緒……【姉　】ゆかり　　　　【妹　】絆菜　【　】流稀
加古川絆菜……【長姉】ゆかり　【次姉】青緒　　　【　】流稀
鷹戸流稀……【　】ゆかり　【　】青緒　【　】絆菜

「なるほど……この空欄にどんな『続柄』を入れるか、決めていくってことか」

「そういうこと〜。じゃあ、決めていくよん。青緒——鷹戸くんの『姉』になるのと、『妹』になるの、どっちがお好み？」

「えぅ⁉　あ、あたしが決めるの⁉」

「選択権は、先に契約していた側にあるわ。なお、向こうに拒否権はなし」

「勝手だな⁉　契約書に書いてなかったぞ、そんなこと‼」

急に詐欺まがいの発言をしてくる先生に、文句はぶつけたけれど。

冷静に考えたら、この改訂版の『家族契約』は……俺が家出を続行するために、二人にお願いしたものだもんな。

となると、加古川がどんな『続柄』を選ぼうと——甘んじて受け入れるべきか。

「よし――加古川。煮るなり焼くなり、好きな『続柄』にしてくれ！」

「煮ないし焼かないよ⁉　なんで『続柄』を調理しようとしてるの、鷹戸くんは！」

「まぁまぁ、青緒。鷹戸くんは今、どんな『続柄』でもいいって言ったんだよ？　つまり、自分の理想の『家族』をお願いできるってこと……こんなおいしいシチュエーション、二度とないぞ？」

なんつーゲスな発想を『妹』に囁《ささや》いてんだ、この『姉』は。

「え……えぇ～？　ど、どうしよっかなぁ……」

「イメージつかないんなら、練習してみたら？　それで、やってみて一番良かった『続柄』を、選ぶとかさ！」

「う、う～ん……鷹戸くん、どうする？」

「いや、まぁ……それでも、いいけど？」

と、いうわけで。

加古川先生発案の――俺と加古川による、『続柄』練習。

やってみた。

第4話　クラスの美少女、俺の『妹』になる

これまでのあらすじ。
子どもの進路を勝手に決める、悪の秘密結社まがいの両親のもとを逃げ出して。
俺、鷹戸《たかと》流稀《りゅうき》は街をさまよい、突然の豪雨に襲われた。
そんな俺を救ったのは、クラスメートの加古川《かこがわ》青緒《あお》と、教師の加古川ゆかり。
そして俺は、家に戻らないという決意を固めて。
――『家族契約』をして、二人と『家族』になりました。
………うん。
何を言ってるか分からないと思うけど、俺も何を言ってんだか分かんねぇ。
だけど実際に、俺はそんな嘘《うそ》みたいな筋書きを進んできた。
その上さらに、信じられないことなんだけど。
これから俺と加古川は、どの『続柄《つづきがら》』が一番良いかを試すために。
――シミュレーションをやってみる流れ、らしい。

▲◇▼◆

「こっほん。それじゃあ二人とも、準備はいいかなぁ？」

加古川家のリビング。

そこにある、ふかふかのソファに腰掛けて。

加古川ゆかり先生は、眼鏡の下の切れ長な目で、やたら楽しそうにこちらを見ている。

ちなみに、俺と加古川は。

そんな先生の正面で——向かい合わせに立っていたりする。

「えう……ほ、本当にやるの？　ゆか姉《ねえ》ぇ……」

「そりゃあそーさ、『家族』になるための練習だもの。心配しなくってても平気よ、青緒。鷹戸くんなら、きっと……どんなアブノーマルな『続柄』だって、演じきってくれるはずだわ！」

「アブノーマルな『続柄』とは……？」

意味不明に盛り上がってる先生を、オーディエンスに迎えて。

俺と加古川の『続柄』チャレンジは——幕を開けた。

テイク1：加古川青緒【妹】　鷹戸流稀【兄】

「お兄ちゃーん。なんか疲れたんですけどぉー。肩が痛いよー。脚も痛いよー。えーんえーん……マッサージ、してよぅ」

「――っ!? は、迫真の演技だな加古川……よ、よーし！　お兄ちゃんが、張りきってマッサージしちゃうぞぉ？」

「わーい、大好きー！　……はぁ、きもちいー……お兄ちゃんの手、あったかーい……ふにゃあ」

――一応、断っておくけど。

俺は決して、実際にマッサージをしているわけではない。

加古川先生の前で、加古川と向かい合わせになって……アドリブの掛け合いをしてるだけだ。演劇部もびっくりな無茶振りである。

だから俺が大根役者の極みなのは、当然の結果なわけで。

むしろ……加古川が異様にうまいことの方が、どうかしてると思うんだ。

「んじゃ、次いってみよー」

そして、高みの見物を決め込んでる加古川先生は。

——無責任なテイク2の指示を出してきた。

テイク2：加古川青緒【姉】　鷹戸流稀【弟】

「……お、おぃ流稀ぃー。お姉さまにパン買ってこいよー、このやろぉー」

「ガラ悪っ⁉　姉なのか、それ？　ただのヤンキーじゃない？」

「あ、あれ違った……？　よ、よーし、じゃあ……ねーえ、流稀くぅん？　もう彼女は、できたのかなぁ？　もし彼女がいないんだったら、お姉ちゃんがぁ——練習相手になってあげよっかぁ？」

「『続柄』の練習中に、いかがわしい練習の話を振ってどうする⁉　ヤンキーかショタ好きしかいないのかよ、加古川の中の姉！」

「えぅぅ……そうだよねぇ。恥ずかしいぃぃごめぇぇん……」

——さっきとは打って変わって、ポンコツな演技を披露した加古川。

どうやらテイク1が、まぐれだっただけみたいだな。

「じゃあ、次ー」

そんな中、先生は——無慈悲にテイク3へと進行する。

テイク3：加古川青緒【母】 鷹戸流稀【息子（赤ちゃん）】

「あ、えっと……か、可愛《かわい》い赤ちゃんだなぁ～？　もう、食べちゃいたいくらい可愛いなあ～？」

「バブ」

「え、えっと……どうしたの？　お、お腹《なか》空いてるのかな～？」

「バブ」

「そっかぁ、お腹空いてるんだね？　だ、だったら、あたしのおっ——って！　やりすぎだよってば、鷹戸くん‼　えっち！　ばぁか‼」

「待てよ⁉　俺はひたすら、『バブ』しか言ってなかっただろ！　アドリブで暴走したのを人のせいにすんなよ‼」

「二回目の『バブ』に、いやらしい文脈を感じた！」

「ねーよ！　行間読みすぎだ‼」

「……むぅ」

不毛な言い争いの果てに、加古川はその場にしゃがみ込んだ。

自身の豊かな胸元を、両手で庇《かば》いながら。ほっぺたをぷっくりさせながら。上目遣いにこちらを睨《にら》みながら。

……ずるくないかい、それ？

一切の非がない状況でも、男側が不利になる攻め口だぜ？

「なるほど。二人とも、今のが一番よさげじゃない？」

「よくねーよ！　そもそもなんだ、【息子（赤ちゃん）】って⁉　俺たちで遊んでるだけだろ、先生‼」

「ちーがーいーまーすー。私はただ、青緒のイメージが固まるまで、このプレイ……じゃなかった。この練習に、付き合おうとしてるだーけーでーすー」

「うぅ……ただ恥ずかしいだけなんだよぉ、ゆか姉《ねえ》ぇ……」

小悪魔教師のせいで、結果的に『妹』が一番辱《はずかし》めを受ける形になってるんだが……それでいいのか？　おい。

テイク4：加古川青緒【姉】　鷹戸流稀【妹】

…………ん？　俺が『妹』なの⁉

「あら。ごきげんよう、流稀さん。背筋が曲がっていてよ？」

「背筋は見逃してくれよ……っていうか、その『お姉さま』って、家族的な意味での『姉』とは違わない？」

「そっか。じゃあ、どうやればいいかなぁ。鷹戸くんは『妹』っぽい役、できる？」

「えー……お、おほほほほっ！　お姉ちゃん、ご覧くださいまし！　駅前でおいしそうなケーキを、買って参りましたわ‼」

「……うんうん。鷹戸くん、頑張ってくれてありがとうね？　声の高さとか、女の子って感じが出せてたと思うよ！　うん、すっごく女の子だったよ！」

「ありがとう、加古川。フォローはいいから、ひと思いに殺してくれない？」

数秒前の自分を、本気で殴り飛ばしたい。

なんて、げんなりしていると。

「──ねぇ、青緒。テイク４採用を、私は推すよ？」

「先生。そろそろマジで怒りますよ？」

とんでもないことを言い出した先生を、俺はガチトーンで牽制《けんせい》する。

この人マジで、家の中だと傍若無人だな……それはそれで、『姉』らしいのかもだけど。

そんな中、加古川は――。

――おそるおそるといった感じで、小さく手をあげた。

「き、決めました……あたしと鷹戸くんの、関係」

恥ずかしいのか、顔を真っ赤にして。

手持ち無沙汰なのか、前髪を何度も指先で弄《いじ》りながら。

加古川は消え入りそうなほど、小さな声で――言ったんだ。

「わ、私が『妹』で、鷹戸くんが『兄』……で。お願いします……」

かくして――加古川の宣言をもとに。

先生が『家族契約書』の二枚目に、新たな『続柄』を書き込んだ。

加古川ゆかり……　　　　　　【長妹】青緒　【次妹】絆菜　【双子】流稀
加古川青緒　……【姉】ゆかり　　　　　　　【妹】絆菜　【兄】流稀
加古川絆菜　……【長姉】ゆかり　【次姉】青緒　　　　　　【　】流稀
鷹戸流稀　……【双子】ゆかり　【妹】青緒　【　】絆菜

「……って、ゆか姉《ねえ》！　なにさこれ‼」

「うん？　絆菜《きずな》と鷹戸くんの『続柄』は保留だよ？　絆菜のリクエストも聞かないと」

「そっちじゃないよ！　ゆか姉《ねえ》と鷹戸くんの『続柄』──『双子』って‼　なんでもう決まってるのさー！　ゆか姉《ねえ》もさっきの恥ずかしいやつ、やるんじゃないのー⁉」

「やらないよ、恥ずかしいもん。それに私は、最初から『双子』って決めてたし」

「やり損じゃないのさ、もぉー！　あんなの、鷹戸くんに見られて……もぉ、もぉー‼」

牛かな？

なんて、すげぇ空気読めないツッコミが浮かんできたけど。

さすがの加古川も、これを言ったら激怒しそうだから──黙っておこう。

▲◇▼◆

家出をした翌日の土曜日。

家に戻らないために『家族契約』を結ぶと決めてから、昼間は色々なことがあって……

ようやく落ち着いた頃には、太陽も西に傾きだしていた。

そして現在、俺は加古川家二階の空き部屋で。

昨日、スマホが電池切れになってから連絡してなかった友人――鮎村千歳《あゆむらちとせ》に、電話をかけている。

『まったく。昨日はほんっとうに、心配したんだからね？　途中から全然、連絡がつかないんだもの』

「だから、ごめんって。充電が切れたり、気を失ったり、色々あったんだって」

『はぁ。で、その色々の流れとやらがあり……しばらく加古川さんの家で暮らすことになったって？　何その、導入が下手なマンガみたいな話。流稀と加古川さんって、実は付き合ってたの？』

「付き合ってなかったし、現在も付き合ってない」

『じゃあなおさら、意味不明じゃん』

ちなみに千歳には――加古川と先生から許可をもらった上で、ざっくりとした事情を説明した。

そうしとかないと、預けてる荷物を送ってもらえないからな。

あとはまぁ……なんだかんだ、一番頼りにしてる友達だから。ある程度は話しておきたいってのもある。

だけど、さすがに——『家族契約』のくだりだけは、伏せて伝えた。

トリッキーな話すぎて、うまく説明できる自信がないってのもあるし。

加古川たちにとって……他者から触れられたくない話だろうってのも、あるからな。

『彼氏でもない男を、自分の家に住まわせるかなぁ……まぁ世話好きで有名な加古川さんなら、ありえる気もしちゃうけど。だけどなぁ、なーんか腑《ふ》に落ちないなぁ』

「だ、だから、加古川先生がさ？　俺の家の事情とかを察して、ここで暮らしていいって言ってくれたんだって！」

『それもなんか、変な話だよなぁ……ねぇ、流稀？　一応聞いとくけど——清い交際はしてないけど、汚《けが》れた交際はしてますとか。そういうんじゃないんだよね？　しかも加古川さんと加古川先生、二人まとめてとか……!!』

「ねーよ、落ち着け！　とにかく、心配しなくて大丈夫だからさ。ありがとな、千歳」

そうして俺は、千歳との通話を終えると。

がらんとした部屋の床に寝っ転がった。

加古川たちの話によると、この部屋は誰も使っていないらしい。

二階には他に、最初に寝かせてもらってた加古川の部屋と、妹さんの部屋があるそうで。

一階にはリビングとダイニングキッチンの他に、加古川先生の部屋があるとのこと。

なので、今日からこの部屋を——俺が使っていいらしいんだけど。

「……女子とひとつ屋根の下で生活、か。自分で言い出しといてなんだけど、なんだか落ち着かねぇな……」

付き合っているわけでもないのに。

学年一の人気者な女子と、若い女性教師と、生活をともにするんだからな。

健全な男子高校生なら……悶々《もんもん》とするのも無理ないだろ？

だけど——俺たちは『家族』だから。

そんな邪《よこしま》な考えをしていちゃいけない。

平常心、平常心。


——コンコンッ。


心を落ち着けようと目を瞑《つぶ》ったところで、誰かが部屋のドアを叩《たた》いた。

反射的に跳ね起きて、俺はドアの向こうの誰かに応える。

「えっと……誰？　何か用？」

「あ。青緒ですよー。鷹戸くん……ちょっと入っても、大丈夫かな？」

そして、空き部屋もとい俺の部屋に入ってきたのは。

俺のクラスメートにして、契約上の『妹』。

──加古川青緒だった。

「失礼しまーす」

あぐらを掻《か》いている俺の正面に。

加古川はちょこんと、正座をした。

「…………」

「…………」

正座の加古川と、あぐらの俺が、黙ったまま向かいあう。

……なんだ、この間は？

加古川の方が、俺の部屋をノックしてきたんだよな？

なのに、なんで加古川──口元をキュッと結んだまま、俺のことを睨んでるんだ？

「…………」

「…………えーっと。なんで睨まれてるのか……ひょっとして、『続柄』の件か？　後で冷静に考えたら、『兄妹《きょうだい》』は嫌だなって思った……とか、そういう？」

自分で言っといてなんだけど、実にしっくりくる理由だった。

確かに加古川は、『妹』の演技だけ突出して上手《うま》かった。

だから、なにかしら『続柄』を選ばなきゃいけないって場面では、無難な選択肢だったと思う。

だけど――実際問題、たいして親しくもないクラスメートの『妹』になるんだぜ？

後から考えたら嫌でしたって、そう思う気持ちも理解できる。

「に、睨《にら》んでないよう……」

……と、一人で納得してた俺に向かって。

加古川が俯《うつむ》きがちに言った。

「えっと……そ、それはごめん？　睨んでないなら、えーっと……なんだろ。眼精疲労がひどくて、眉をひそめちゃってたとか？」

「……違うよう。ばぁか」

ばかと言われましても。

このシチュエーションでの女心なんて、俺には皆目見当もつかないって。有識者にヘルプを求めたいレベル。

――なんて。

俺が混乱の淵《ふち》に立っていると。

明るくて、世話好きで、社交的で。

男女問わず、学年中の人気を博しているクラスメート——加古川青緒は。

たどたどしい口調で、言ったんだ。


「あ、あたしは『妹』なんだぞぉ？　お兄ちゃん……かまってぇ！」


…………うん？

耳を疑うようなセリフが、響き渡ったかと思うと。

なんか真っ赤な顔をした加古川に、飛び掛かられて。

床に押し倒されて。

気が付いたら、俺の上に——加古川が馬乗りになっていた。

「加古川……えっと。なんすか、これ？」

「そんな真顔で反応しないでよ⁉　あと……『加古川』じゃなくて、『青緒』って呼んでいーよ？　お兄ちゃん」

「……人に馬乗りになって、何を言ってるんだ？」

なんか、頭がくらくらしてきた。

なんだよ、この状況？

親による極度のストレスから、俺が世にも奇妙な夢を見ているのか。

あるいは加古川が、凶悪な霊にでも操られているのか。

現状を理解しようと、必死に思考を巡らせるけれど……うん。やっぱりマジ意味分かんねぇわ。

「ド、ドン引き……してる？　鷹戸くん……お兄ちゃんは、こういう系の妹は好みじゃないかな？」

「分かった、いったん落ち着こう？　取りあえず、除霊師呼ぶか？」

「呼ばないよ除霊師なんて！　むぅ～……温度差がありすぎて、恥ずかしくなってきたよぉ。『妹』って難しい……」

何やらぶつぶつ言いながら、加古川は俺の上からおりると。

バツが悪そうな顔をしながら、俺のことを見てきた。

「……せっかく鷹戸くんと、『兄妹』になる契約をしたんだもん。『妹』らしく甘えてみようと思って、頑張ったんだけど……ごめんね、好みと違ったみたいで」

「えーっと、つまり……あれか？　加古川的には俺と『家族契約』を結んで、俺の『妹』になったのは――嫌じゃない、ってこと？」

「……嫌な相手に、馬乗りになったりしないよってば。もぉ」

すねたみたいに、唇を尖《とが》らせる加古川。

その表情は、穏やかでしっかりした感じの、普段の加古川のものとは違って。

無垢《むく》で、甘えたがりで、どこかわがままそうな。

そう、まさに——妹みたいに見えた。

「マンガとかだと、甘えん坊な妹キャラもいれば、ツンデレっぽい妹キャラや、サバサバした妹キャラとかもいるでしょ？　鷹戸くんの好みの妹は、どんな子なのかな？　教えてくれたら、あたし——鷹戸くん好みの『妹』目指して、頑張るよっ！」

なんかやたら、気合い入った感じで言ってるけど。

好みの『妹』って。ナチュラルに変質者扱いされてるみたいで困る。

まぁきっと、とんでも発言だとは気付いてないんだろうけどな……加古川は。

「……で？　加古川はどんな『妹』がいいんだ？」

「え？」

俺の問い掛けに、きょとんとした顔をする加古川。

そんな加古川に呆《あき》れつつも——なんだか、おかしくなってきた。

「俺的には、めちゃくちゃ甘えてくる妹キャラを見たら、素直に可愛《かわい》いって思うし。ツンデレは、ギャップでグッとくるし。サバサバしてるのも、嫌いじゃないよ。だから——加古川がなりたい『妹』があるなら、それがいいな」

加古川は真面目だから、契約を履行するために、律儀《りちぎ》に『妹』を演じようとしたってのも……多少はあるんだろうけど。

普段と違うテンションで絡《から》んでくる加古川を見て、なんとなく感じたんだ。

加古川の中に、少なからず——『兄妹』に憧れる気持ちが、あるんじゃないかなってことを。

細かい事情は知らないけど、両親のこともあるし、きっと加古川にも……家族への複雑な想《おも》いがあるんだと思う。

だから俺は——加古川の望む『兄妹』に、なってあげたい。

家出した俺を助けてくれた、その恩に報いるためにも。

少しでも……一緒に、楽しい『家族』生活を送るためにも。

「……あ、甘えても、いいですか？」

すると加古川は、恥ずかしそうに前髪を弄《いじ》りながら。

所在なさげに言った。

「……鷹戸くんさえ、よければだけど。あたしは、お兄ちゃんに無邪気に甘える……そんな『妹』に。なりたい、です……」

「了解。それじゃあ今日から、『兄妹』としてよろしくな？」

俺がそう返事をしたら。

加古川は再び——俺に飛びついてきた。

「えへへー！　今日からよろしくねっ、鷹戸お兄ちゃん！」

えっと……すみません、加古川さん？

『兄妹』になるとは、確かに言いましたけど。

……いくらなんでも、スキンシップが過剰すぎやしませんかね？

ひょっとしたらこれは、とんでもない契約をしちゃったんじゃないかって。

今さらながら、そう思った。

第5話　『兄』になった俺、『妹』の呼び方を考える

——小さい頃の夢は、『マンガ家』だった。

マンガの中の主人公が、仲間たちと馬鹿をやったり、ときに本気で戦ったりしながら、巨大な悪を打ち砕いていく。

そんな物語が大好きで、自分でも表現したいって……本気で思ってたんだ。

「くだらんことに時間を使うより、勉強をしろ！」

父親が破り捨てたのは——俺が描いたイラスト。

砕けたのは……もっと大切な何か。

そして俺が、破られた絵をかき集めながら、号泣していると。

母親は俺を励ますように、にっこりと笑って——。

「ほら、流稀《りゅうき》……お父さんに怒られないように、勉強しましょ？」

——今、思えば。

俺の絵は下手な部類だったと思う。

もちろん『マンガ家』になんて、逆立ちしてもなれなかっただろう。

だけど、『医者』という道を歩くよう強《し》いられて、他の選択肢を考えることさえ許されなかった過去は——両親への信頼を失うには、十分すぎる出来事だった。

だからこそ俺は、家出を決行して。

なぜだか……クラスの女子と、その従姉《いとこ》に当たる高校教師が住む家で、共同生活を送ることになったんだ。


ああ……ちなみに。

あのときから俺は、『将来の夢』なんて——何も持ててはいない。

▲◇▼◆

「鷹戸《たかと》お兄ちゃんー。朝だよー、起きてー」

日曜日。

加古川《かこがわ》家で迎える二度目の朝は……加古川がドアをノックする音ではじまった。

「……嫌な夢だったな」

なんであんな家のこと、夢に見ちまったんだろう。

げんなりした気持ちのまま、昨日のうちに先生が揃《そろ》えてくれた布団《ふとん》から這《は》い出すと。眼鏡を掛けて、私服に着替えた。

そして――ドアを開けると。

「あ。おはよう、鷹戸お兄ちゃん！　えへへー、『妹』の青緒《あお》ですよっ！」

「……えーっと。おはよう？」

子どものように無邪気に笑う『妹』に、どう返すのが正解か分からず、ぎこちない挨拶しかできない不出来な『兄』。

けれど『妹』は、特に気にするわけでもなく、『兄』である俺の手を……ギュッと握ってきた。

「朝ご飯できてるよ！　頑張って作ったんだけど、お口に合うかしら……？　でも、いっぱい食べてくれたら嬉《うれ》しいなー」

眩《まぶ》しすぎる笑顔で、そんなことを口にしてくるもんだから……なんかお腹《なか》のあたりがムズムズして仕方ない。

だけどそんな俺の気持ちも知らず、『妹』は俺の手を引いて歩き出した。

——俺を先導しているのは、『妹』加古川青緒。因羽《いんば》翔陽《しょうよう》高校二年生。

ミディアムボブに整えた、栗色の髪。

雪のように白い肌。

その白に映える、赤く艶やかな唇。

そんな、誰もが二度見するような外見に加えて、性格は穏やかで他人思い。いつも明るく笑顔を絶やさず、困ってる人がいたら放っておけない。

まさに神が二物を与えたように、外見も性格も魅力が溢《あふ》れてるもんだから……同級生の誰からも慕われている。

——そして俺は、『兄』鷹戸流稀。因羽翔陽高校二年生。

生まれつき目つきが鋭くて、黙っていると口元がへの字になってしまうもんだから、人から怖がられがち。

だから、前髪を長めにして、少しでも顔を隠そうとしてたりする。

性格は……どう思われてるか分かんないが、当たり障《さわ》りない振る舞いはしてるつもりだ。

一応。

千歳《ちとせ》以外とは深い話をしないから、「冷めた奴《やつ》」って思われてるかもだけど。

こんな二人が──ひとつ屋根の下で、お兄ちゃんだ妹だと騒いでる。

……事情を知らない人からすれば、「高校生バカップルがじゃれ合ってる」ようにしか見えないかもな。なんなら、インモラルな性癖を疑われる可能性すらある。

だけど実際は、そうじゃない。

そもそも俺と加古川青緒は、付き合ってすらいない。

かといって、ただのクラスメートってわけでもない。

そう、俺たちは──『家族契約』を交わしあった、契約上の『兄妹《きょうだい》』なんだ。

「……あ。そうだ、鷹戸くん！」

そんな、契約上の『妹』は。

一階におりたところで、ふいに……素のクラスメートの喋《しゃべ》り方に戻った。

「一個だけ、お伝えしたいことがあります。あたしが『妹』として、いっぱい甘えるのは……二人っきりのときだけね？」

「ん？　そうなの？」

思い掛けない言葉だったので、ついそんな風に返してしまう。

だって、加古川・妹さん・加古川先生・俺の四人で、『家族契約』してるんだぜ？

だからてっきり、加古川先生や妹さんの前だろうと、『兄妹』として振る舞うもんだと思ってたんだが。

「だって……恥ずかしいもん。みんなに、甘えっ子してるところ見られるの」

「……一応聞くけど。俺と二人っきりだったら、恥ずかしくないもんなのか？」

「………………ばぁか！」

怒られた。『妹』心が複雑すぎて戸惑う。

だけどまぁ……もとはといえば、俺がお願いした契約だもんな。

よし。ここは――『妹』の気持ちに、寄り添うことにしよう。

▲◇▼◆

「おっはよー、青緒！　そしてぇ……我が『双子』の片割れ、流稀‼」

リビングに意気揚々と入ってきたかと思うと。

加古川の従姉にして、俺たちの高校の教師――加古川ゆかりは、大声で挨拶してきた。

……ご機嫌なところ悪いけど、もう十二時だぜ？

日曜日とはいえ、なんつー自堕落教師だ。

「ん？　どーした流稀？　私の顔になんか付いてる？　ああ、それとも流稀――『双子』のねーさんの顔に、みとれちゃったのかね？」

「寝言ばっか言うなら、もうちょい寝てきたらどうっすか？　加古川先生」

「加古川先生て‼」

先生は大げさな声を上げると、胸の前でバッテンを作った。

そして、眼鏡の下の切れ長の目で、ジトッとこちらを見て。

サイドポニーテールに結った髪を揺らしつつ、大仰な調子で言った。

「流稀……昨日の『家族契約』を忘れたの？　私と青緒は『姉妹』、流稀と青緒は『兄妹』、そして私と流稀は――『双子』。そう決めたわけさ。それなのに加古川先生とか……ないわー。心の距離を感じるわー」

「あー……だからさっきから、俺のことを流稀って呼んでるんです？　唐突に馴《な》れ馴《な》れしいなって思っちゃいましたけど」

いや別に、呼び捨てでかまわないけどさ。こっちは年下だし、無理を言って居《い》候《そうろう》させてもらってる立場だし。

で。俺も先生の呼び方を変えろってか。

まぁ確かに、よそよそしいまま共同生活を続けても、気まずいかもしれないしな……。

「分かりました。じゃあ決めましょうか、家の中で先生をどう呼ぶか。そうっすね……普通に考えたら、『ゆかりさん』とか？」

「あ。あたしや絆菜《きずな》みたいに、『ゆか姉《ねえ》』って呼ぶのはどうかな？」

ありがとな、加古川。話に乗ってきてくれて助かるよ。

一方、先生はというと……。

「……んー。『さん』付けは、なーんか他人行儀な気がしちゃうんだよなぁ。かといって、青緒たち『妹』と同じ呼び方もねぇ……『双子』らしさが活《い》かせてない気がしない？」

「なんすか、『双子』らしさって」

そもそも、どこがどう『双子』なのか説明してほしい。

年齢も違うし、血の繋《つな》がりもないし、見た目だって似ちゃいない。何ひとつ『双子』要素なんか、ないんだけど？

「よし、こんなんどう？　『ゆかり様』」

「『双子』が片割れを様付けする……どんな偏見っすか？」

「じゃあ『ゆかり姫』」

「呼びましょうか？　恥ずかしいのはそっちだと思いますけど？　……ゆかり姫、二十四歳、おいおい！」

「……ねぇ流稀？　年齢のことで女性を揶揄《やゆ》していいって、誰から教わったのかな？　どうする、契約破棄する？」

「ごめんなさいもう言いません、ゆかり様」

契約を盾にするやり口、ずるくない？

そんなの言われたら、なんも言い返せないじゃん。理不尽の極み。

「まー、あれよ。『姉弟』や『兄妹』と、『双子』の違いって言えばさ──お互いがほぼ横並びなとこじゃない？　どっちが上で、どっちが下とか、あんまない感じっていうかさ。だから、私が流稀って呼んで、ため口で喋ってるのと同じように──」

「……俺も先生を、ゆかりって呼び捨てにして？　ため口で喋れと？」

「私は一向にかまわないよん☆」

いや……あなたは、いいかもですけどね？

生徒の立場からすれば、先生を呼び捨てにして、先生にため口で話し掛けろってことだからね？　さすがに躊躇《ためら》うって。

そんな俺の戸惑いを察したのか、加古川先生は──ニヤッと笑うと。

唐突に俺のことを、ギューッと抱き締めてきた。

「…………は？　ちょっ、加古川先生、何をして……むぎゅ⁉」

「細かいことは気にしなさんなって。家出を完遂したいってのが、流稀の一番の目的なんだろうけどさ……契約を交わしたからには、こうも思ってくれたんでしょ？　私らと『家族』になってもいいかー、って」

加古川ほどではないけど、豊かな膨らみをお持ちの加古川先生。

その中に埋もれて、柔らかくて温かな感触に包まれながら。

俺は——先生の言葉を反芻《はんすう》する。

確かに、先生の言うとおりだ。

『家族契約』なんて意味不明な発想だなって、今でも思うけど。

心のどこかで——家族とは違う『家族』に対して、期待してしまっている自分もいる。

…………だから。

細かいことは、まぁいっか。

「決めましたよ……家では『ゆかり』、学校では『ゆかり先生』で、どうです？　『加古川先生』呼びだと、なんか言い間違えたとき怖いんで。そんな感じで、明日からちょっとずつ変えていこうかと——」

「ちょっと、流稀ぃ。言葉遣いが、よそよそしいんだけどー？」

「……面倒くせぇな。分かったよ。できるだけ気を付けるよ、ゆかり」

そんな俺とゆかりのやり取りを見て。

『妹』の加古川は、「あははっ！」と楽しげに笑っていた。

▲◇▼◆

『双子』同士の、呼び方を巡る騒動が一段落して。

俺はいったん、二階の自室に戻ってきた。

床に寝そべったまま、目を瞑《つぶ》って休憩。

俺の部屋には今のところ、マンガとかそういう娯楽関係のものは、一切ないからな。こうして寝転がるくらいしか、リフレッシュ方法がないんだよ。

預けてる荷物を、千歳が送ってくれるまでの辛抱だけどさ……。

――――コンコンッ。

「あ、あのー……青緒でーす」

ドアをノックする音と、消え入りそうな加古川の声が、同時に聞こえてきた。

俺は目を開けて起き上がると、ドアを開けて、加古川を迎え入れる。

すると加古川は、おずおずと部屋に入ってきて……じーっと、俺の顔を見つめてきた。

「えっと、なんか用？」

思い当たる節がなさすぎて、取りあえず尋ねる。

すると青緒は、後ろ手にドアを閉めてから──全力の声で言ったんだ。

「あ、あたしも！　鷹戸くんと呼び方を、決めたいですっ‼」

「…………はい？」

思わず気の抜けた声が出てしまう。

だけど青緒は気にした様子もなく、言葉を続ける。

「学校ではこれからも、ちゃんと『鷹戸くん』って呼ぶよ？　だけどね……おうちの中でも『鷹戸くん』だったり。二人っきりのときも『鷹戸お兄ちゃん』って。こんなの──『兄妹』らしさが活かせてないよ‼」

「かんっぜんに、ゆかりの影響だよな⁉　いいよ別に、がっつり活かそうって考えなくても！　二人っきりのときに『お兄ちゃん』呼び、ってすれば解決じゃん！」

「……でも。学校でも家でも二人っきりのときでも、鷹戸くんはあたしを『加古川』って呼んでるでしょ。そんなの……妹っぽくないもん」

そりゃ、まぁ確かに。

常に兄から苗字《みょうじ》呼びされる妹って、なんか複雑な事情がありそうではある。

「よし、それじゃあ——色々試してみよ？」

すると加古川は。

なんか決意を固めたような顔で言った。

——デジャブなんですが。よく分かんないシミュレーションをする流れ。


「流稀お兄ちゃん」

「……なるほど。苗字から名前に変わっただけなのに、背徳感がエグいな」

「流稀にぃや。あーおーだーよー」

「にぃや⁉　マニアックすぎない⁉」

「じゃあ……流稀お兄さまぁ。青緒のこと、もっと可愛《かわい》がってくれますぅ？」

「……加古川って、学校のときと違って、家だと結構おばかになるよな？　それはもう、呼び方とかの問題じゃないって」

「えぅ……難しいなぁ」

一人で勝手に盛り上がって。

一人で勝手に考え込む。

普段は明るくて、しっかりしてる印象の加古川青緒が——家ではこんなにポンコツで、こんなに無邪気なんだもんな。

これが女子の裏表ってやつなのか？　だとしたら怖《こえ》ぇな。

もしくは……普段は周りに気を遣ってばっかりだから、たまには甘えたいとか。

そんな欲求が溜まってたり、するのかもしれない。

「……ところで。俺の方は、『青緒』って呼び捨てにすればいいのか？」

「にゃっ⁉」

俺が名前を呼び捨てた途端、加古川——もとい青緒は、猫語で反応してきた。

そして、手足をじたばたさせながら。

「う、うんっ！　青緒って呼び捨てで、お願いします！　えへへー……もう一回、呼んでください」

「青緒」

「……えへへへへー‼」

ただ名前を呼ぶだけで、ここまで喜んでもらえるとは。

もはや喜ばれすぎて、恥ずかしいくらいなんだけど……。

「学校では『加古川』。二人っきりのときと、ゆかりとかといるときは、『青緒』。俺の方はそう呼ぶことにするな？　それじゃあ……今度は青緒が決めていいよ。青緒が俺を、どう呼称するのか」

「……ふぇ？」

なんとなくだけど……青緒の中には「こんな風に甘えたい！」っていうイメージが、あるんじゃないかって思うんだ。

だから、青緒に決めてほしい。

俺は別に、どんな呼ばれ方をされても、かまわないから。

「え？　えー？　で、でも……この呼び方はちょっと、っていうのもあるでしょ？」

「大丈夫だって。こういうときにどっしり構えてこその『兄』だろ？」

「だけど、あたしが……『兄者、青緒でござる』とか言い出したら、戸惑わない？」

「……なに？　妹じゃなくて、忍者になりたいの？」

極論のたとえを出してくるなって。まったく。

そうして呆《あき》れていると……青緒は「あははっ！」と笑い声を上げた。

「ありがとう、優しいお兄ちゃん。それじゃあー……二人っきりのときは『お兄ちゃん』ね！　お兄ちゃんって呼ぶのね、ちょっとくすぐったいんだけど、なんだか……甘えてるーって感じがして、好きなんだ！」

「お、おう……それなら、それでいいぜ？　青緒」

改まってそう言われると、めちゃくちゃ気恥ずかしいな。

普段はただのクラスメートなのに、二人っきりだと『お兄ちゃん』と『青緒』……うん、巨大な背徳感でぶん殴られてる感じ。

「それから、学校では『鷹戸くん』でー。家の中では――『流《りゅう》くん』！」

悶々《もんもん》としている俺に対して。

青緒が突然、追撃を仕掛けてきた。

「……流くんって、なんだよ？」

「ゆか姉《ねえ》たちの前では、お兄ちゃんって呼べないでしょ？　かといって、鷹戸くんって呼ぶのはよそよそしすぎるから……流くん！　流稀のー、流くんー♪」

鼻唄でも歌うように、そう言って。

青緒はとろけそうな笑みを浮かべる。

「学校では、『鷹戸くん』と『加古川』。二人っきりのときは、『お兄ちゃん』と『青緒』。それから家で、ゆか姉《ねえ》や絆菜といるときは——『流くん』と『青緒』！……これでどうかな？」

どうって言われても。

青緒がそんな上目遣いで見てきたら、大概の男は断れないからな？

まったく——無邪気で、甘えっ子で。

天然小悪魔なんだから、うちの『妹』は。

「じゃあ改めて……よろしくな、青緒」

「うんっ！　よろしくね、流くんっ‼」

満面の笑みの青緒に、そう呼ばれると。

恥ずかしいやら、嬉《うれ》しいやら……なんだか妙な気分になってしまう、俺だった。

第6話 俺の『妹』、甘え方が分からない

「やっばぁ！ 遅刻だわ、遅刻ー‼」

俺が加古川《かこがわ》家で暮らすようになって、初めて迎える平日の朝。

ササッと着替えを済ませて、階段をおりると……うちの『双子』が、なんかタンクトップ姿でドタバタしていた。

まだ結っていない茶髪が、ふわふわ宙を躍っている。

「自業自得《じごうじとく》だよ、もぉ〜。三回も起こしに行ったのに、四度寝しちゃうんだもん」

「私が悪いのは百も承知だけどさぁ！ 敢《あ》えて言うなら……四度目の正直を目指して、起こしてほしかったっ‼」

まるで反省してねーな。

そもそも朝の目覚めを高校生に頼るとか、教師としてどうなんだよ。教育委員会に言いつけんぞ？

なんて……呆れちゃうような言動を繰り返してるのは、生物教師の加古川ゆかり。俺の契約上の『双子』だ。

「ぎゃー⁉　あと十分で出なきゃー⁉　まだメイクもしてないのにー‼」

「ほらほら、ゆか姉《ねえ》。落ち着こう？　焦《あせ》ると余計に、時間が掛かっちゃうよ？」

どうしようもなくパニクってるゆかりに、穏やかに声を掛け続けているのは——俺の契約上の『妹』青緒《あお》。

こちらは早起きしてたんだろう、セーラー服に着替え終わっているし、ミディアムボブの髪も綺麗《きれい》に整っている。

ゆかりが『姉』で、青緒が『妹』……だったよな？

これじゃあどっちが『姉』だか、分かりゃしないけど。

「……おっけ。ありがと青緒。よし、それじゃあ落ち着いて——取りあえず、着替えから済ませるわ」

「え⁉　待って、ゆか姉《ねえ》！　階段のところに、流《りゅう》くんがい——」

青緒が止めようとするけど、もう遅い。

ゆかりはその場で、着ていたタンクトップを——バッと脱ぎ捨てた。

そして露《あら》わになる、ゆかりの艶《なま》めかしい上半身。

瑞々《みずみず》しい肌。綺麗にくびれたウエスト。マシュマロのように柔らかそうなバスト。

その上半身を覆うものは、オレンジ色の妖艶なブラジャーだけで……。

「……ん？　あ、流稀《りゅうき》おはよ。ごめん、まだ起きてないと思った」

そこでようやく、俺に気付いたらしい。

ゆかりはカチャッと眼鏡を直しつつ、こちらに向き直った。

それから、髪の毛を結おうとしてるのか、ヘアゴムを口に咥《くわ》えて……両手を上に伸ばす。

大胆に露出される、綺麗な曲線を描いた脇。

胸の谷間へと連なる、山脈のごとき鎖骨。

……イケナイ世界への扉が、俺を誘《いざな》おうとしている。

「ゆか姉《ねえ》、ばかばか！　なんで流くんがいるのに、そんなえっちな格好するの!?　……流くんもっ！　じろじろ見てないで、あっち向きなさいっ!!」

顔を真っ赤にした青緒が、ゆかりの前に立ちはだかって叫んだ。

……えっと。なんで俺のこと、ジト目で睨《にら》んでんの？

俺はただ、立ってただけなんだぜ？　これで加害者扱いは、さすがに解《げ》せない。

けれど、当事者のゆかりはそんなこと意にも介さず、いそいそとメイクと着替えを済ませていく。

サイドで結ったポニーテール。赤いブラウスと、黒いオフィスジャケット。タイトスカートから伸びる脚には、ストッキングを穿《は》いて。

こうして普段どおりの教師モードになると――ゆかりはニカッと笑って、言ったんだ。

「ごめんね流稀！　ま、ラッキースケベだったと思って、見逃して‼」

……ちょっとは反省しろよ、この自堕落『双子』め。

そんなこんなで。

俺と青緒に見送られながら、ゆかりは一足先に出掛けていった。

生徒の登校時間より早いんだから、学校の先生も大変だよな。

ぼんやりと、そんな風に思ってから。

自分の仕度に移ろうと、俺はリビングに戻――。

「うりゃー」

「ぎゃっ⁉」

その瞬間。

突如、俺の背中に――なんか柔らかいものが、のし掛かってきた。

まぁ……確認するまでもなく、青緒なんだけど。

「なんすか、青緒さん？」

「甘えっ子です、お兄ちゃん」

甘えっ子です、て。

そんな直接的な表現で甘える人、初めて見たよ。

「お兄ちゃんが、ゆか姉《ねえ》の下着姿に劣情を催してたから……罰を与えるために、背中にやってきました」

「待て。その言い方は誤解を招く」

「うーるーさーいー。かーまーえー」

変な前置きをされたけど。

要はあれだろ？　ゆかりが出掛けたから、モードチェンジして、甘えたくなった的な。

ゆかりたちがいる前だと、恥ずかしいから甘えられない……そう宣言してたもんな、青緒は。

「取りあえず、リビングに戻るぞ青緒」

「はーい」

いい返事はするものの、俺の首元に腕を回したまま、動こうとしない青緒。

まったくもって埒《らち》が明かない。

仕方ないので——俺は青緒をおぶったまま、移動を試みる。

「わっ、すごーい！　お兄ちゃん、力持ちだねー」

「青緒が軽いからな」

「……えへへー。満点の回答だなぁ、お兄ちゃん」

もちろん、嘘《うそ》である。

めっちゃ重い。

誤解なきように言うと、青緒が高校生平均より重いとか、そういうのでは全然ない。

ただな……高校生をおぶって歩くとか、相手が誰だろうと重いんだよ。普通に。

「楽しいなー。えへへー」

けれど。

やたら無邪気に喜んでる青緒を見てたら、「ま、いっか」以外の感想がなくなっちゃうから困る。

冷静に考えると、クラスメート同士で何やってんだって話なんだけどな。

「お兄ちゃん……むぎゅーっ‼」

「ぎゃああっ⁉」

そのときだった。

なんか知らんけど、背中にくっついてる青緒が、思いっきり抱き締めてきて。

そのせいで、青緒の豊満な胸がむぎゅっと潰れて……とんでもない柔らかさが、俺の背中を包み込んだもんだから。

パニクった俺はバランスを崩して、床にうつ伏せる形でぶっ倒れた。

「きゃっ⁉　ご……ごめん流くん！　大丈夫⁉」

慌てて背中からおりると、青緒は俺の顔を覗《のぞ》き込んでくる。

「……大丈夫じゃねーな。何さっきの？　新手の暗殺術かなにか？」

「うう、ごめんなさい……『妹』らしく甘えてみたい、って思うんだけどね？　あまりにも普段、そういうことやってなさすぎて……加減が分かんないの」

「なんだその、哀《かな》しきモンスターみたいな話は？」

「ひどっ⁉　たとえ話でも、女の子にモンスターとか言わないでよぉ‼」

むーっと頬を膨らませる青緒。

……なんかそれくらいが、程よい甘えの出し方な気がするんだけど。気のせい？

「とにかくね、流くん。やりすぎちゃって、ごめんなさい」

そして青緒は。

うつ伏せに倒れたままの俺に、ぺこりと頭を下げて……言った。

「ふつつかな『妹』で、ごめんねなんだけど。これからもっと頑張って、立派な『妹』になるから。だから——どうか末永くよろしくお願いします、お兄ちゃん？」

ふつつかな『妹』。立派な『妹』。末永くお願いされる、お兄ちゃん。

パワーワードに溢《あふ》れた、とんでも発言ではあるけど。

まぁ——青緒の素直さだけは、存分に伝わってきたよ。本当にな。

▲◇▼◆

俺と青緒は、家を出ると——電車に乗って、高校へと向かう。

「……なぁ、青緒」

「なぁに、流くん？」

俺と並んで座席に座ってる青緒は、カバンを膝に乗っけたまま、小首を傾《かし》げる。

家ではあんな極端な甘え方をして、暴れてたってのに。

今の青緒は、以前から学校で見知っているとおりの、穏やかでしっかり者な空気を纏《まと》っている。

……同一人物に見えなすぎて、脳がバグりそうになるな。

「何よぉ。声掛けたのに、黙ったまま、じーっと見てきて。あたしの顔、なんか変？」

すると——ふいに。

鼻先が触れあいそうなほど、青緒が顔を近づけたもんだから。

俺は慌てて、青緒から顔を背けた。

「な、なんでもない‼　えっと、そ……そのパスケース！　なんか年季が入ってるなって、そう思っただけ‼」

話を逸《そ》らそうとした結果。

俺は咄嗟《とっさ》に、青緒のカバンに紐《ひも》で結んであるパスケースを指差した。

青緒が使っている——茶色い革製のパスケース。

女子高生が持つには少し渋めのデザインで、長年使ってきたからなのか、表面はだいぶボロボロになっている。

「あ、これ？　そうだね……年季は結構、入ってるかもね」

青緒は嬉《うれ》しそうにそう言うと。パスケースを指先でつまんで。

少しだけ——遠い目をした。

「これはね。あたしが昔、父の日のプレゼントにって……お父さんにあげたものだったんだ」

「……え？」

思い掛けない告白に、俺はつい変な声を出してしまう。

だって、青緒のお父さんって確か……青緒が中学生の頃に病気で……。

「――小学生の頃に、お母さんが事故で死んじゃってから。お父さんは男手ひとつで、あたしと絆菜《きずな》を育ててくれたんだ。そんなお父さんに、少しでも喜んでほしくって。サプライズで買ったんだよ」

「……そっか。お父さん、喜んだだろ？」

「うん！　ボロボロになっても、ずーっと大切に使ってくれてたなぁ。それでね――お父さんがいなくなった後は、あたしが代わりに持ってるの。これがあれば……いつだってお父さんとお母さんが、そばにいてくれるような気がするから」

それから青緒は。

パスケースの中から、一枚の写真を取り出した。

――それは、青緒が小さい頃の家族写真。

小学生くらいの青緒が写ってる。目元と口元が今と全然変わらないから、すぐに青緒だって分かったよ。

その隣に写ってる、お人形さんみたいな顔の子どもは、おそらく妹さんだろうな。

そして、青緒と妹さんの後ろに立って、柔和《にゅうわ》な笑みを浮かべてる二人がきっと——お父さんとお母さん。

「……優しそうな、お父さんとお母さんだね」

それは素直な気持ちだった。

親との確執があって、家を飛び出してきた……そんな俺が言っても、説得力ないかもしれないけど。

家族四人が笑いあっている、この加古川家の写真は——本当に温かくて。

素敵な家族だなって、心の底から思えたんだ。

「えへへー。ありがとう、流くん！　お父さんとお母さんが、いつも見守ってくれてるって信じてるから……あたしはいつだって、頑張れるんだっ‼」

柔らかな笑顔とともに、そう言ったあと。

青緒はおもむろに……俺の耳元に、顔を近づけてきた。

それから、俺の耳を覆うように手を添えると。

——優しい声でこそっと、囁《ささや》いたんだ。

「……今の四人の『家族』でも、楽しい毎日にしていこうね？　流くん」

▲◇▼◆

教室の真ん中、一番後ろの席。

そこで授業の準備をしていたら、後ろから誰かが、トントンと肩を叩《たた》いてきた。

振り返ると、そこには——鮎村《あゆむら》千歳《ちとせ》がいた。

「よぉ。おはよう千歳」

「……はぁ。おはようは、おはようだけどさぁ。よくそんな普通の顔をしていられるよね、流稀は」

「……普通の顔してねぇ方がマズいだろ。周りに怪しまれて、家出生活中だってバレでもしたら、その方が嫌だし」

「……まぁ、それもそうだね。取りあえず、俺の方で預かってた荷物は宅配に出しといたから。今日中には届くと思う」

「……悪いな。色々と」

そうやって俺と千歳が、ひそひそ話をしていると。

教室の前の方からは、女子たちの盛り上がっている声が聞こえてきた。

「おはよー、青緒ママ！　ときにお願いがあるのですが……数学の宿題、最後のところだけ写させてぇぇぇ」

「えぇー？　だめだよ、丸写しは。ちゃんと自分の力で考えないと」

「考えたんです！　家で二・三分、じっくり考えたんです！　だけどなんっも、浮かんでこなかったんですぅ‼」

「二・三分だけじゃねーか！　青緒、こいつ甘やかしちゃ駄目だよ。つけ上がるから」

「むぅ～……でも、頑張ったのは本当だからなぁ。それじゃあ……途中までは教えるからさ。もう一回、自分で考えてみるのでどう？」

「青緒ママ、もぉ大好きっ！　青緒ママしか勝たんわ、マジで‼」

——ふんわり優しい笑みを浮かべた加古川青緒は。

その人望の厚さゆえに、今日も女子たちのトークの中心にいる。

だけど……俺は知ってる。

明るくて世話好きで、しっかり者だと思われている加古川青緒には。

実は——無邪気な顔で甘えまくる、『妹』としての顔もあるってことを。

「あの……流稀？　急に机に伏せって、どうしたの？」

「……なんでもない。なんでもないから、しばらく顔を隠させてくれ千歳……」

そうして俺が、青緒の学校と家でのギャップに悶《もだ》えていると。

ちょうどいいタイミングで、始業のチャイムが鳴った。

千歳も、青緒の周りにいた女子たちも、一斉に自分の席へと戻っていく。

「……あー。そういや、先生に謝んないとな」

机に突っ伏したまま、独り言《ご》ちる。

家出の最後のトリガーになった——父親による、進路希望調査票の無断提出。

その事実を知ったうちの担任、真っ青な顔になってたもんな。

二学期には産休に入る予定の、うちの担任。そんな大切な時期に、母胎にいらんことで負荷を掛けて申し訳ないって……あとで謝りにいこう。

なんて、考えているところに——。

「やぁ、おはよう！　二年二組の諸君‼」

――担任とは似ても似つかぬテンションで、違う先生が教室に入ってきた。

「ホームルームをはじめるよー……って、なんかザワついてるなぁ。はは一ん。ひょっとしてだけど……私の美貌に酔いしれてるんじゃないのー？」

ちげーよ、調子に乗んなよ。

っていうか、なんでこの人がホームルームの時間にいるんだよ？

クラス担任じゃないはずなのに。

……朝っぱらから遅刻しそうになってたくせに。

「ん？　どうして手を挙げてるんだい、加古川？　まだ先生の話は、終わってないんだけどなー」

「はじまってもないよ、ずーっと脱線してるんだもん！　なんでゆか姉《ねえ》……加古川先生が、ホームルームをやって……るんですか？」

おそらく、俺と同じくらい驚いているであろう青緒が、立ち上がって言った。うっかりため口になるのを、どうにか修正しながら。

だけど加古川先生こと――我が『双子』の片割れ、ゆかりは。

サイドポニーテールをふぁさっと払って。

やたら得意げな顔で、答えたんだ。

「担任の八木尾《やぎお》先生が一昨日《おととい》、切迫早産……簡単に言うと、赤ちゃんが早く産まれすぎるかもって状態になってね？　当分の間、安静に過ごさなきゃいけなくなったんだ」

え……？

思い掛けない話の展開に、俺も他のみんなも、耳を疑う。

「心配しすぎなくて、大丈夫だよ？　八木尾先生もお腹《なか》の赤ちゃんも、元気だから。ただ、急きょ予定を前倒しにして、八木尾先生はお休みに入ることになったんだ」

あ、なんか嫌な予感がする。

急きょ休むことになった担任。突如現れた生物教師。これって、もしかして……。

と、俺が思ったのと同時に——ゆかりは堂々と宣言した。

「——ってことで！　今日から八木尾先生に代わって、二年二組の担任を務めることになりました、加古川ゆかりですっ！　みんな……よろしく頼むわ☆」

——まさかこんなことになるなんて、夢にも思わないじゃん？

青緒とゆかりと、ひとつ屋根の下で暮らすだけじゃなく……ひとつクラスの下で過ごすようにまでなるなんて。

第7話　帰宅した俺、『家族』とのファーストコンタクトを果たす

金曜日に、家を出て。

土曜日に、『家族契約』を結んで。

日曜日は、『妹』から甘えられて。

月曜日にはなんか、『双子』の片割れが担任になった。

「……たった四日の間に、色んなことが起きすぎだよな」

俺は電車に揺られながら、この濃すぎる四日間を思い返していた。

新しくクラス担任になるなんてサプライズを——今日の朝イチからかましてきた、我が『双子』の片割れ、ゆかり。

休憩時間にこっそり話し掛けたら、案の定「びっくりさせようと思って、黙ってたんだよん☆」だとさ。そんなことだろうと思ったよ。

頼むからもう、今日はそういうドッキリは勘弁願いたいんだけど……青緒《あお》とゆかりのことだからな。この後も何が起こるか、分かったもんじゃない。

『──次は七黒《ななくろ》駅、七黒駅』

車内アナウンスを耳にして、俺は慌てて立ち上がった。

危ない危ない。ぼんやりしてたら、乗り過ごすところだった……。

加古川《かこがわ》家の最寄り駅は、もとの家の最寄り駅の一駅前。なので意識してないと、一駅先まで行ってしまいそうになる。気を付けないと。

そんなことを考えつつ、加古川家の最寄り駅を出ると。

俺はそのまま、寄り道することもなく、まっすぐ家を目指す。

千歳《ちとせ》の話だと、このあと荷物が届く予定だからな。早く帰って、受け取らないと。

ちなみに青緒は──友達から相談事を持ち掛けられたとかで、まだ学校に残ってる。

ゆかりは──職員会議があるとかで、終わるまでもう少し掛かるらしい。

そんなわけで。

俺には現在、合鍵が託されている。

「……『家族』になったとはいえ、女子の家の合鍵を持ってるとか。なんもしてないのに、悪いことしてる気分になるな……」

まぁ、気にするようなことでもないんだろうけどさ。

荷物を受け取って、その後は部屋に戻って、二人の帰りを待つだけだし。

そもそも女子二人が不在だから、やましいイベントなんて、起きようがないわけだし。

だけど……なんかさ？

女子の家の合鍵ってだけで、ちょっとドギマギしちゃうんだって。

これが、ほら——複雑な男心ってやつなんだよ。多分。

「……あ」

俺が家の前に到着すると。

ちょうど宅配業者の人がトラックから降りて、加古川家のチャイムを鳴らそうとしているところだった。

俺は宅配業者の人に声を掛けてから、玄関の鍵を開ける。

そして、いくつかの段ボール箱を玄関の中まで運び入れてもらい、着払いの費用を払って——荷物の受け取りを終えた。

「あ、しまった……二階まで運んでもらえばよかった」

業者が帰ってから、ふとそんなことに気付く。

だけど、もはや後の祭り。自力で上まで運ぶしかない。

やっちまったなぁと、ため息を漏らしつつ……俺は段ボール箱に手を掛けた。

——まさにそのときだった。

「——あお姉《ねえ》。あんさ、シャンプーの替えって、どこあるか分かる？」

「はい？」

洗面所のドアが、ガラッと開いて。

見知らぬ女子が、ひょこっと身を乗り出してきた。

——身体《からだ》にバスタオルを巻いただけという、あられもない格好で。

「……は？　あお姉《ねえ》じゃな……え？　誰、あんた？」

「え、ええっと……話せば長くなるんだけど……」

「——って⁉　ちょっ、ヤバッ‼」

俺が何か答えるよりも前に、彼女は……自分がとんでもない格好をしていることに、気が付いたらしく。

バッと両手でバスタオルを押さえると、洗面所の方へと引っ込んだ。

それから──ちらっと、顔の上半分だけを覗《のぞ》かせると。

濡《ぬ》れそぼった髪の隙間から、ギリッと睨《にら》みつけてきた。

「こっち見んな‼　この変態！　ロリコン‼」

「待って待って！　違うんだって‼　話せば分かる、話せば分かる！」

「分かるか！　不法侵入の変質者……ぜってー警察に突き出してやる！」

悲報。

家出した俺、痴漢の容疑でお縄になる────。

▲◇▼◆

「はははははっ！　そりゃあ災難だったたね、きーちゃん？」

「きーちゃん言うな！　ってか笑うな‼　どこの誰かも分かんない覗き魔に、『妹』の裸を見られてんだけど⁉」

「まぁまぁ絆菜《きずな》、いったん落ち着こう？　もぉ～、ゆか姉《ねえ》！　絆菜をからかうの、やめなよってば！」

「………」

入浴中だったらしい謎の少女と鉢合わせたことで、俺はあやうく警察に突き出されるところだったんだけど。

少し遅れて帰ってきた青緒が、その場を収めてくれたおかげで、奇跡的に警察沙汰は免《まぬが》れることができた。

そのあと帰宅したゆかりも含めて、俺たち四人はリビングに集まると。

こうして状況の整理をはじめた——ってわけだ。

「とにかくね？　流《りゅう》くんはわざと、絆菜を覗いたわけじゃないんだよ。たまたまタイミングが悪かっただけで。あとは……あたしたちが絆菜に、流くんのことを伝えられてなかったのも良くなかったね。ごめん」

「……いや、それはマジでそう。家に知らない男がいるって分かってたら、お風呂《ふろ》入ってなかった」

小声で不満を漏らしながら、彼女は気だるげに髪を掻き上げた。

——腰元まで伸びた、アッシュグレーのロングヘア。

小柄な体軀《たいく》と、小さな顔。

それに比して目はくりっと大きくて、まるでフランス人形のよう。

けれどその格好は、肩を大胆に露出した洋服と、レザー地のミニスカートなんて、妖艶《ようえん》なもので。おまけにメイクも、ばっちり決めてるもんだから……グレちゃったフランス人形、って表現の方が正確な気がする。

彼女こそが——最後の『家族』、加古川絆菜。

中学三年生になる、青緒の実の妹だ。

俺が家出して、青緒に助けられたあの日から——絆菜ちゃんはちょうど、三泊四日の修学旅行に出掛けていたらしい。

そして今日の昼過ぎ、家に帰ってきて。

汗を流そうと風呂に入ったタイミングで——運悪く俺が帰宅してきたと。

絆菜ちゃんは俺が同居をはじめたことを知らないから、物音を聞いて青緒が帰ってきたと勘違いして、バスタオル一枚で浴室から出てしまい。

結果……あの嫌な事件が起こったってわけだ。

「……あんさ。やらしい目で、見ないでくんない？」

絆菜ちゃんは冷たくそう言うと、自分の胸元を両腕で隠した。

そのつぶらな瞳は、責めるように俺のことを睨んでいる。

するとなんか青緒まで……こちらをジト目で見はじめた。

「……流くんって、絆菜みたいな子が好みなの？」

「待て待て！　俺が何か、一言でも言葉を発したか？　痴漢に続く冤罪《えんざい》だぜ、それ⁉」

「そうそう。流稀《りゅうき》のタイプが絆菜みたいな子とは限らないよん。だって、男子高校生っていうのは——相手がどんな女子だろうと、いやらしい目で見てしまう！　そういう生き物なんだから‼」

「ゆかり、黙ろう？　全男子高校生を代表して訴えるぞ？　名誉毀損で」

ほら見ろよ。

青緒はすっげぇ顔して、俺のこと睨んでるし。

絆菜ちゃんなんか、露出してる肩を両手で隠しはじめたじゃん。

マジで余計な茶々を入れないでほしい。それがたとえ……男子高校生の生態系としては間違ってなかったとしても。

「……だる。なんなん、この状況？」

絆菜ちゃんは、そうぼやくと。

手近にあったクッションを抱いて、肩のあたりを隠しつつ……気だるげに言った。

「鷹戸《たかと》流稀さん……だっけ？　あんさ、なんで赤の他人のあんたが、『家族契約』なんて結んだん？　意味わかんなくない？」

「えっと、それは……さっき青緒が説明したとおりだよ。俺には家に帰りたくない事情があって、そんな俺を匿《かくま》ってもらうには親の同意が必要で。その前段として──『家族契約』を結んだんだ」

「や。それが意味わかんねって、言ってんの」

刺々《とげとげ》しい返答とともに。

絆菜ちゃんは、手に持った『家族契約書』改訂版を読みはじめる。

「……あお姉《ねえ》の『兄』で、ゆか姉《ねえ》の『双子』……なんこれ？　『双子』ってどゆこと？　ここも意味わかんね」

俺に言われても。

それについては、発案者のゆかりに問い合わせてほしい。

「まー、とりま……うちとこの人の『続柄《つづきがら》』が、空欄になっててよかったわ。勝手になんか書かれてたら、うちの方こそ家出してた」

「そこは絆菜の意見を聞こうと思ってたからね。で、何がいい？　『兄─妹』『父─娘』……『続柄』は、よりどりみどりだよ？」

「だーかーら。うちはやだって言ってんの」

能天気な態度のゆかりに、ビシッと言い返すと。

絆菜ちゃんは、気だるげに髪の毛を掻《か》き上げて——立ち上がった。

「赤の他人と『家族契約』とか、めっさ嫌。うちの家族は——あお姉《ねえ》と、ゆか姉《ねえ》。二人だけでいい。二人だけが……いいの」

「待ちなよー。きーちゃぁーん」

「きーちゃん言うな！　もー……知んないし」

「ちょっと、絆菜ってば！」

そして絆菜ちゃんは、ゆかりたちの制止も聞かず、リビングを出ると。

大きな足音を鳴らしながら——二階に上がっていった。

「もぉ、愛想《あいそ》が悪いんだから……ごめんね、流くん？　うちの妹が失礼な態度、取っちゃって」

「いや。どっちかっていうと、謝るのは俺の方だよ」

不慮の事故だったとはいえ、多感な時期の女の子が、見知らぬ男にあられもない姿を見られたんだ。

怒りが収まらないのも無理はない。

それに――『家族契約』の件だって、言ってることはもっともだ。

血の繋《つな》がりもない、赤の他人と『家族』になるだなんて。

抵抗があって当然のこと、だもんな……。

▲◇▼◆

青緒の妹――加古川絆菜との邂逅《かいこう》は、最悪な形で幕を閉じた。

今の時刻は、すっかり夜。だけど、げんなりとした気持ちは消えないままなので。

俺は気晴らしも兼ねて……黙々と自室の片付けを進めていた。

千歳から荷物が届いたおかげで、教科書やノートなどの学用品、本やらマンガやらの娯楽品、衣類など……生活に必要なものは、あらかた手に入った。

もちろん机とか棚とかの家具類は、さすがに家から持ち出せなかったから、しばらくはオール床置きになるけど。

それでも当面は、生活に困ることはなさそうだ。

――だけど。

「いつまでもここにいるわけにも……いかないよな」

絆菜ちゃんの反応を見て、再認識したんだ。

赤の他人の俺が、青緒たちと『家族契約』を結んで、同居してるのって……やっぱり普通じゃないってことに。

青緒とゆかりが寛容すぎて、感覚が麻痺《まひ》してしまってたけど。

青緒とゆかりと一緒に話してるのが、なんだかんだ楽しくて、忘れちゃってたけど。

…………いや、違うな。

そんな青緒とゆかりに甘えて。

俺がつい……見ないふりを、しちゃってたんだ。


――――コンコンッ。


「……流くーん。今って少し、時間あるかな?」

暗い方に気持ちが引っ張られていた、そのタイミングで。

ドアの向こうから、青緒の声が聞こえてきた。

なんだろ……今日はやたら、遠慮がちな声色だな?

「どうした、青緒？　なんか急ぎの用？」

「えーっとぉ……うーん……急ぎ、かな。出直しちゃうと、恥ずかしくて死んじゃうかもだから……開けてもらえると、嬉《うれ》しいです……」

なんだそれ。

歯切れが悪すぎて、どういう用件なのか、まるで理解できなかったけど。

──青緒の声を聞いてたら、少しだけ気持ちが安らいだから。

俺は青緒を迎え入れようと、ドアを開けた。

「はいはい。どうしたの、青──」

その瞬間、青緒は上目遣いにこちらを見ながら。

部屋の中に足を踏み入れて──。


──パチンッ！


唐突に、部屋の電気を消した。

訪れる真っ暗闇。

「えっと……青緒？　何してんの？」

何も見えない部屋の中、俺は青緒に向かって声を掛けた。

けれど……ガサゴソと音を立てながら。

おそらく青緒と思われる気配は、部屋の奥の方へと移動していく。

「あのー……青緒さん？　マジで何やってんの？　電気つけていい？」

「ま、まーだだよ！　まだ電気つけちゃ、だめだよ‼　つけたら、えっちだからねっ！」

どういうことだよ。

俺の部屋の電気が可哀想《かわいそう》だろ。えっち呼ばわりとか。

なんの儀式なんだか、まるで見当もつかないけど……しょうがねぇな。

俺はしぶしぶ暗闇の中、待機することにする。

すると――ガラガラッと、クローゼットが開く音がして。

「も、もーいーよ！　お兄ちゃん、電気……つけて？」

なんでそんな、か細い声なの？

何もかも、さっぱり分かんないけど……このままじゃ埒《らち》が明かないので。

俺は壁際《かべぎわ》に手を伸ばし――パチンッと、電気のスイッチを押した。

瞬間、室内が光に包まれる。

「電気つけたけど。青緒、どこで何してんの……って⁉」

そのとき俺は。

クローゼットの中にいる青緒を、発見した。

リンゴみたいに赤く染まったほっぺたのまま、こちらを上目遣いに見ている青緒。

いつもは衣類で隠れているはずの肩は、大胆に露出されていて……ほっそりとした骨格の様子と、すべすべとした質感が、遠目にもはっきり分かる。

そして同じく、さらけ出された鎖骨は、やけに色っぽくて。

ついでに二の腕とか、太もものあたりとかも、露《あら》わになっていて。

そう——今の青緒が身に纏《まと》ってるのは、白いバスタオル一枚のみ。

つまり、あれだ。

俺が夕方、運悪く遭遇したときの絆菜ちゃんと……まったく同じ格好ってことだ。

「じ、じろじろ見ないでよぅ……」

「無茶言うなよ⁉ こんな格好の女子が部屋に入ってきたら、誰だって……いや、違うな！ 分かった、俺が悪かった！ 見ないから‼」

気が動転して、ついつい凝視してしまってたけど。

冷静に考えたら、こんなあられもない格好の『妹』をじろじろ見るとか、デリカシーに欠けてると言わざるをえない。

ということで、俺は気合いを入れて、クローゼットに背を向けたんだけど……。

「え？　あ、あのー……お兄ちゃん？　見てくれないの？」

「え、どういうこと⁉　見るなって言ったの、そっちだよな⁉」

「見ちゃやだけど……見られないのも、もやもやするっていうか……」

なに言ってんの？

恐怖のダブルバインド・ハニートラップじゃん。見たら社会的に死ぬけど、見なかったら見なかったで違うって言われる罠《わな》。

こんな板挟みの精神攻撃に晒《さら》されたら、おかしくなっちゃうっての。

そうして——頭がぐわんぐわんしはじめた俺に向かって。

クローゼットに潜んでるバスタオル青緒は、小さな声で言った。

「えっと……今日の夕方にね？　絆菜がお風呂《ふろ》に入ってるところを、流くんが覗《のぞ》いたじゃない？」

「待ってくれ、その言い方は語弊がひどすぎる‼　覗いたんじゃなくって、絆菜ちゃんが廊下に出てきたときに、バッタリ会っちゃったの‼」

「……でも、絆菜の綺麗《きれい》な素肌を見て、興奮したんでしょ？　してるはず。やっぱり女子高校生より、女子中学生だよなーって。うー……ばぁか」

果たして、どっちが馬鹿なのか。

だけどまぁ……今の青緒の話を聞いて、ようやく事態が飲み込めたぞ。

「つまり、こういうことか。絆菜ちゃんとのハプニングを聞いて、焼きもち的な感じになって——同じシチュエーションにチャレンジしてやるって思ったと。それでこんな、頭の悪いことはじめたのか！」

「誰が頭悪いのさ！　いや……確かにあたしが、頭悪いとは思うけど！　でも……流くんは、あたしのお兄ちゃんだもん。もっと『妹』にもかまえー、だもん」

「言っとくけど俺、別に絆菜ちゃんをかまったりしてないからな⁉　聞いたろリビングでの会話を！　絆菜ちゃんは俺のこと、ゴミのようにしか思ってねーから‼」

「う……うるさいでーす！　かまってくださーい！」

引くに引けないんだろう青緒が、後ろから俺の服を摑《つか》んで、ぐいぐい引っ張ってくる。

学校にＩＱを置き忘れてきたんじゃないかと思うほどの、ポンコツっぷり。

そんな、困ったちゃんな『妹』に促されるまま。

俺はおそるおそる、背後にいる青緒の方へと、向き直ろうとしたんだけど——。

――バサッと。

なんか恐ろしい音が聞こえた。

「にゃあああああああ⁉」

大絶叫とともに、青緒はその場にうずくまる。

足もとには、剝がれ落ちたバスタオル。

そして――包み隠さず晒された、青緒のすべすべの背中。

青緒はうずくまって、自分の胸元をギューッと抱いたまま……涙目で言った。

「こ、これって……兄妹《きょうだい》でやるようなこと、なのかな⁉」

「兄妹じゃなくてもやんないんだよ、こんなこと‼」


そんなこんなで。

恥ずかしさのあまり正気を取り戻した青緒と、どうにか事態を収拾して――この件は無事、お開きとなった。

とんでもない『妹』の暴走で、心身ともに削られたけど。

まぁ……役得だったってことで、手打ちにしとこう。

◇雨上がりに、ネオンブルー◇

――高校二年の五月が、もうすぐ終わる。

少し湿った風の匂いを感じながら、あたしは買い物袋を両手で持って、近所の道を歩いてる。

上がってきた気温と、湿気のおかげで、じんわり汗ばんできちゃった。

困るなぁ、もう……帰ったらすぐにシャワー浴びなきゃ。

だって家には、異性の『家族』がいるんだもん。

汗くさいなんて思われちゃったら、しばらく立ち直れないよ。

いつも良い匂いだねって、思われたいし。

いつも可愛《かわい》いねって、思ってもらえたら嬉しい。

そんなあの人は、あたしの……契約上の『兄』で。

『家族』になるより、ずっと前から――気になってた人、なんです。

あたしが、ずっと前から意識してたんだ……って言っても。

きっと流《りゅう》くんは、ピンとこないだろうけどね？

◇

「あれ？　鷹戸《たかと》くん？　そんなにずぶ濡《ぬ》れで、どうしたの？」

──あの土砂降りの雨の日。

あたしがあの公園を通り掛かったのは、本当にただの偶然だったの。

夕飯を作ろうとしたら、切らしてる調味料があって。

買いに出掛けた帰り道、急に雨がひどくなっちゃったから、近道しちゃおうって公園に入った。それだけだったんだ。

……だけどね？

ベンチに座ってるのが、同じクラスの鷹戸流稀《りゅうき》くんだってことは──遠目に見ても、すぐに分かったんだよ。

だって……あたしは、ずっと前から。

──流くんのことが気になって、いつも目で追い掛けてたんだもん。

「……加古川《かこがわ》？」

顔を上げた流くんが、あたしの苗字《みょうじ》を呼んでくれたから。

名前、覚えててくれたんだーって……舞い上がりそうになっちゃったのは秘密。

そのときの流くんは——本当にひどい状態だったなぁ。

濡れそぼった前髪が、眉間のあたりに張りついて。

疲れのせいか、目はとろんとしちゃってて。

「そうだよ、加古川ですよ？　それよりほら、鷹戸くん。そんなに濡れてたら、風邪引いちゃうよってば」

だから、あのときのあたしには……流くんを助けなきゃって気持ちしかなかった。

体調を崩しちゃわないかとか、そういう心配で頭がいっぱいで。

先のことなんて、何も考えてなかった。

落ち着いたあと、冷静に考えたら——あたしのお布団《ふとん》に、流くんを寝かせてたんだってことに気付いて。

そしたらなんか、お布団から流くんのにおいがするような気がしてきちゃって。

その日の夜は……ドキドキしすぎて、全然寝られなかった。
……変態っぽいから、ぜーったいに、流くんには秘密だけどね⁉
そんなわけで――流くんには一晩泊まって、休んでもらうことにしたんだけど。
前から気になってた男子が、自分の家にいるんだもん。
顔には出さないよう頑張ったけどさ……内心、すっごく盛り上がっちゃって。
「動かないでよー。お熱があるか、測るんだから」
普段は男子にやらないような距離感で、接しちゃったりとか。
「――あたしと絆菜《きずな》にはね、お父さんもお母さんもいないの」
自分の家庭事情を、打ち明けちゃったりとか。
やらかしてしまうこと、多数……。
うぅ……恋愛経験0なのが、まさかこんなところで足を引っ張るなんてなぁ……。

◇

中三の終わり頃――お父さんを病気で亡《な》くして。

お父さん方の従姉《いとこ》に当たるゆか姉《ねえ》のところに、あたしと絆菜は引き取られました。
引き取られて最初のうちは……申し訳ないなって気持ちで、いっぱいだった。
ゆか姉《ねえ》には、あたしや絆菜を育てる義務なんてないのに。
あたしたちのせいで、ゆか姉《ねえ》の貴重な時間もお金も奪ってしまってる。
だから本当は、あたしと絆菜は――施設に行った方がいいんだろうなって。
そんな風に思ってたっけ。

だけど、そんなあたしたちの心を――『家族契約』が救ってくれました。
従姉じゃなくて、『お姉ちゃん』だと思ってねって。
今日から二人とも、『妹』だよって。
ゆか姉《ねえ》にそう言われたとき……なんだか心が温かくなったんです。
『家族契約』なんて、法的な力もない――ただのごっこ遊びかもしれないけど。
『家族』ごっこだとしても、本当に嬉《うれ》しかったの。
二人ぼっちで、哀《かな》しみに暮れるばかりだった、あたしたちに。
――新しい『家族』ができて。

「お願いです、加古川先生。俺とも『家族契約』して……『家族』になってください！」

だから……流くんがゆか姉《ねえ》に、そう言ったときは。

すっごくびっくりするのと同時に、ほんのちょっとだけ、ホッとした気持ちにもなったんだよ。

だって流くんは、あたしたちと似た眼《め》をしてるから。

普段はなんでもない顔をして過ごしてるけど。まぶたの裏にはきっと、いつだって寂しい景色が見えている……そんな人だと思うから。

だから——流くんにとって、あたしたち『家族』が。

少しでも温かかったり、楽しかったりしたら、嬉しいなって思うんだ！

絆菜みたいな可愛い妹になるには、まだまだ道は遠いけど。

あたしだって、可愛い『妹』になって……いっぱい甘えちゃうんだからねっ！

高校二年の五月は、もうすぐ終わりだけど。

六月はもっと、楽しい毎日になったらいいな。

第8話　気だるげJC、俺と『家族』になるのをためらう

今日でもう、五月も最後か……。

時の流れの速さを感じながら、俺は階段をおりていく。

青緒《あお》たちと『家族契約』を結んでから――早いもので一週間が過ぎた。

何日かしたら、痺《しび》れを切らした父親が怒鳴り込んでくるんじゃないかなんて、身構えてたけど……そんなことはなく。

実家からは、特に音沙汰もない。

要するに……帰ってきてほしいなんて思ってないんだろう。親の命令に背く子どもはいらないとか、そんな感じで。

ま。願ったり叶《かな》ったりだけどな。

俺だって、帰るつもりは微塵《みじん》もないし。

「…………っ⁉」

そうして、一階におりたところで。

俺はバッタリ、絆菜《きずな》ちゃんと鉢合わせた。

「…………」

帰宅したばかりだからか、絆菜ちゃんは制服姿のまま……アッシュグレーに染めた髪の隙間から、じっと俺を見ている。

ブレザーの下に着てるカーディガンは、やたらと丈が長くて、太ももまで届いている。それとは対照的に、スカートはやたらと短く……カーディガンに隠れちゃって、ほとんど見えやしない。

上下の寒暖差が、とんでもなさそうだけど。

きっとこれが、女子中学生のおしゃれ……なんだろう。多分。

「えっと……お、おかえり？」

「…………」

気さくな感じで挨拶したけど、完全スルー。

絆菜ちゃんは無言のまま、親指を立てると。

……背後にある洗面所の方を、指し示した。

「あお姉《ねえ》が、シャワー浴びてっけど？　二度目の覗《のぞ》きは、さすがに冤罪《えんざい》じゃ済まさないよ？」

その言葉に——さぁっと血の気が引くのを感じた。

「ご、ごめん！　知らなかった……二階に戻るよ。ありがとう、教えてくれて」

「……別に。あお姉《ねえ》をキズモノにされんのが、嫌なだけ」

キズモノて。

言葉自体は引っ掛かるけど、取りあえずここは、二階に逃げるのが吉だ。

俺はもう一度、絆菜ちゃんに御礼《おれい》を言ってから……早足で階段を上がっていく。

「……礼なんか言うなっての。調子狂う……」

階段の下で、絆菜ちゃんが何か言ってた気がするけど。

急いでいたので、聞き取ることはできなかった。

それから一時間ほど経《た》って。
夕食の準備ができたと声を掛けられ、俺は一階におりた。
「あ、流《りゅう》くん。ご飯の時間だよー」
キッチンにいるのは、『妹』の青緒。
部屋着用の、少しダボッとしたスウェットを着ているせいか、なんか顔つきが普段より
もあどけなく見える。

あと、下に穿《は》いてるのは、部屋着として愛用してるショートパンツ。本人曰《いわ》く、動きやすくて楽、らしいんだけど……いつも目のやり場に困るんだよな。正直。

「おぉー、おいしそうな匂いだー。早く夕飯にしようよ、青緒ぉ。今日も職員会議が長くて、お腹《なか》空いたんだよぉ」

だらけた感じでやってきたのは、『双子』のゆかり。

髪の毛はまだ縛ったままだけど、ゆかりのいつもの家スタイルに着替え終わってる。

ちなみに家スタイルとは——上がタンクトップ、下がジャージ。

……タンクトップ一枚が無防備すぎて、めちゃくちゃ見てらんないんだけど。

自分の格好が扇情的だと分かった上で、俺の前でわざと前屈《まえかが》みになったりとか、そういういたずらを仕掛けてくるからな。この人。

うちの『双子』は、マジでたちが悪い。

「…………」

そして最後に——制服姿のままの絆菜ちゃんが、ダイニングテーブルについた。ちなみに俺との『続柄《つづきがら》』は、いまだ空欄のまま。

椅子に座ってすぐ、絆菜ちゃんは手鏡を取り出して、手櫛《てぐし》でアッシュグレーの髪を整えはじめる。

メイクやヘアスタイルに、いつも気を配ってるよな。絆菜ちゃんって。

こうして――四人が食卓に揃《そろ》ったので。

俺たちは夕飯を食べはじめた。

「今日は特売だったから、カニクリームコロッケを買ったんだよ！　一人二個ずつだから、取りすぎちゃだめねー」

「なぁ、絆菜。私のトマトと、カニクリームコロッケ……交換しない？」

「なんそれ。せめて等価交換で持ち掛けなよ。ってか、トマト食べろし。好き嫌いすんな、大人なんだから」

「あ。流くんって、アレルギーとか大丈夫？　甲殻類はだめって人も、結構いるけど」

「あ、う、うん……食べ物でアレルギーになったことはないかな。ありがとう、青緒」

「流稀《りゅうき》……実は私、トマトアレルギーなんだよねぇ。トマトを食べたら、衣服が弾《はじ》け飛んでしまうんだ。きゃー。ゆかりの柔肌が、流稀に見られちゃうー……だから、私のトマトと君のカニクリームコロッケ、交換でいいよね？　よし、ありがとう！」

「強引だな。やだよ」

「こらぁ、ゆか姉《ねえ》ぇ‼　堂々と嘘《うそ》つかないのー！　アレルギーで衣服が弾け飛ぶって、えっちなマンガじゃないんだから‼」

「そんなマンガがあるの？　へぇー、青緒はえっちなマンガに詳しいんだー」

「ばぁか！　ゆか姉《ねえ》のカニクリームコロッケは没収だよ、もぉ‼」

「…………」

――おわかりいただけただろうか？

一見すると、楽しげな食卓の風景かもしれないけど……実は食卓についてから一度も、俺は絆菜ちゃんと目が合っていない。

っていうか、絆菜ちゃんとはずっと、こんな感じだ。

俺と絆菜ちゃんの間を隔てる壁は――思いのほか大きい。

「……ごちそうさま。部屋にもどんね」

「あ、絆菜！　イチゴも買ってきたから、みんなで一緒に食べない？」

「……うちはいーや。三人で、ごゆっくり」

食事が終わるとすぐに、二階に戻る絆菜ちゃん。

「はぁ……絆菜は相変わらずの人見知りだねぇ。なかなか流稀と打ち解けないんだもの」

「むぅ……どうやったら二人が仲良くなれるかなぁ？」

ゆかりと青緒が、思案顔で話しあってるけど。

絆菜ちゃんが俺に心を開くのって、結構な無理難題じゃないかな……。

だって、絆菜ちゃんにとっての俺は。

年上で、異性で、親戚でもなんでもない。

――がっつり、赤の他人なんだから。

▲◇▼◆

「……加古川《かこがわ》さんの妹に、嫌われてる？　そりゃあそうでしょ。ある日突然、自分の家に知らない年上の男が住みついてました――って状況なんだよ、妹さんからしたら。サスペンスホラーの導入じゃん。怖いよ」

昼休み。

ひとけのない屋上。

そこで、『家族契約』というトピックだけは伏せたまま、千歳《ちとせ》に相談したところ……歯に衣《きぬ》着せぬ感じで言われた。

「いや、おっしゃるとおりだとは思いますが……もう少し手心をだね？」

「手心なんか加えないよ。こういうことはオブラートに包まず、はっきり言わないと、伝わらないもの。いい？　流稀の現状は『借り暮らしのタカトッティ』じゃない……『鷹戸《たかと》を泊めるな！』なんだよ‼」

「ごめん。変なたとえ話で包まず、はっきり言ってくんない？　伝わらねぇから」

だけど俺の返しは、右から左に受け流し。

千歳は深く、ため息を吐《つ》いた。

「……ねぇ流稀、いつまで加古川さんの家にいるの？」

「……やっぱ、出ていった方がいいよな？」

「普通に考えたらね。このまま加古川さんの家にいても、妹さんはそのままだと思うし」

「だよなー……けど、他に行くあてが見つからなくてなぁ……」

「……家に帰るのはどうなの？」

千歳がぴしゃっと。

俺に現実を突きつけてきた。

「流稀にとって、家が良い場所だとは思わないけどさ。他に行くあてもないし、お金だってそのうち底を突いちゃう。家出を続けるのは、難しいんじゃない？」

「悪いな、帰るつもりだけはない」

千歳の意見はごもっともで……なんなら耳が痛くて、破裂しそうだったけど。

それでも、俺は——この意見だけは曲げるつもりないいんだ。

「加古川たちに迷惑を掛けすぎないうちに、次の行き場は早く見つける。お金の件も、保護者が必要ないバイトがないか、探してみるよ。とにかく——家の外で、生きられるところまで、生きてみたいんだ」

「……強情だなぁ、流稀は。それで行き倒れたら、どうするの」

「それでも……親に支配されながら生きるよりは、マシだろ」

そう言いきってから踵《きびす》を返し、俺は屋上を後にした。

——千歳の言ってることは、間違いなく正論で。

俺の主張は、わがままで無謀な、暴論だって分かってる。

だけど、それでも……もう冷たい家に戻るのは、辛《つら》いから。

「……あ。鷹戸くんだ！」

——沈んだ気持ちのまま、下の階までおりると。

たまたま廊下を歩いていた青緒と遭遇した。

「わー、びっくりしたぁ。こんなところで会うなんてね……えへへっ」

青緒のはにかんだような笑顔に。

ちょっとだけ冷たくなってた心が……溶けていくのを感じた。

「っていうか、加古川はなんで、こんなとこにいるんだよ？　二年の教室は、もうひとつ下の階だろ？」

「んーとね。ミヤコちゃんから、三年の先輩にアタックしたいんだけど、勇気が出ないよー‼　……って相談されてね。その先輩の教室まで、一緒に行ってたんだ！」

すごい世話を焼いてる……。

さすがは学校での加古川。相変わらず、周りから頼られてるな。

「──あれ？　加古川さん、どうしてここに？」

「あれ？　鮎村《あゆむら》くん？」

俺の後に続いて、階段をおりてきた千歳が、青緒と顔を合わせた。

そこでようやく、青緒は……違和感に気付いたらしい。

「うーん？　この階段って、立ち入り禁止の屋上に続いてるやつだよね？　なんでこんなところに……二人でいたの？」

そう――うちの高校の屋上は本来、立ち入り禁止だ。

生徒がこっそり入り込まないよう、ご丁寧にダイヤル錠までつけているくらいには。

そんなダイヤル錠の暗証番号を、俺と千歳は去年……当てずっぽうでやって、当ててしまった。

なのでそれ以来、俺たちは屋上を秘密の空間として――ときどき忍び込んで、使ってるってわけだ。

……まぁ暗証番号を当てたっていっても、うちの高校の電話番号の下四桁っていう、めちゃくちゃ単純なやつだったんだけどな？

「――って！ ぜーったい二人とも、立ち入り禁止を無視して、屋上に忍び込んでたんでしょー!!」

「な、なんのことかな……？ ねぇ、流稀？」

「そ、そうだぜ？ 俺たちはこの階段で、グ・リ・コ、ってやって遊んでただけ……」

「なんでそんな遊び、この短い階段でやるのさ！ 嘘つかないのー、もぉ!! 屋上はフェンスが老朽化してて危ないんだって、ゆか姉《ねえ》……加古川先生が言ってたよ。落ちちゃったり、怪我《けが》しちゃったりしたら、困るでしょー!!」

そんな大げさな。

ちゃんと気を付けてるから大丈夫……って反論しようとしたけど。

青緒が思いのほか、真面目な顔で言ってるもんだから。

俺も千歳も、黙ってお説教を受け入れることにした。

やっぱり学校だと——青緒はしっかり者で、世話好きなんだよな。

女子の『青緒ママ』って呼び方も、言い得て妙だよなって思う。

◆◇◆◇

千歳と屋上で話したことを、ぐるぐると考えてるけど。

答えが出ないまま——俺は一人、帰りの電車に揺られている。

ちなみに青緒は、三年の先輩にコクったミヤコちゃんとやらに呼び止められて……喫茶店に行く流れになったそうだ。

今日は悶々《もんもん》としてるから、誰かと一緒にいる方が気楽だったんだけど。まぁ、こればっかりは仕方ない。

「……未成年が自由に暮らせる場所って、ないもんかね」

座席に腰掛けたまま、小さく声に出してみる。
そうしたら……なんだか笑えてきた。
『未《いま》だ成年にあらず』——成人したら当たり前にあるものが、ないからこその未成年。
その言葉どおり、大人のような自由には、俺たちはまだ手が届かない。
血の鎖に繋《つな》がれて、俺たちは不自由な世界を生きている。
……………それはまぁ、仕方ないのかもだけど。
せめて、その不自由な世界が、もう少しだけでも温かかったら。
俺だって——家出しようなんて、思わなかったのにな。
『——次は真白儀《ましろぎ》駅、真白儀駅』
「えっ⁉」
車内アナウンスを聞いた俺は、瞬間的に立ち上がった。
しまった……乗り過ごした。もとの家の最寄り駅まで来ちまった。
げんなりした気持ちのまま、俺は電車をおりると。
少しでもお金を節約しなきゃって思い立ち……一駅分、歩いて引き返すことにした。
だけど——それが失敗だった。

「あー……やっちまったなぁ……」

俺は現在、道に迷っている。

真白儀駅の方から加古川家に行ったことなんか、そもそもないし。

自慢じゃないけど、普段から地図アプリを使っても、なぜか袋小路《ふくろこうじ》に入ることで有名な俺だし。

……やっぱ交通費をケチらず、電車で帰ればよかったなぁ。

そんな風に鬱々としながら、大きめのディスカウントストアの横を通り掛かると。

そこには――ギャル集団がたむろしていた。

「ねーねー。このネイル、マジ可愛《かわい》くね？」

「つーかさ。体育のカバ沢《さわ》、なんであんなムサ苦しいん？　存在がもうセクハラ、みたいなとこあるよね～」

……こわっ。

俺は本能的に目を逸《そ》らした。

いや。中学の制服を着てるから、絶対に年下なんだけどさ。

ここまでゴリゴリのギャルだと、年齢が上とか下とか、もう関係ない。ただただ怖い。

できるだけ目を合わさず、ささっとこの場を立ち去ってしまおう。

「ねぇ、絆菜ぁ。これとこれ、どっちのアクセの方がいいと思うー？」

「……星形のやつ。ハートのは、サイズ大きすぎんよ。コーデ的に合わせづらいと思う」

――え？

今……絆菜って、言った？

俺は反射的に、ギャルたちの方へ視線を向けてしまった。

すると――知らないギャルと、バッチリ目が合っちゃって。

「……なんすか？　うちらになんか用？」

そのギャルは眉をひそめて、俺に対して凄《すご》んできた。

多分だけど、俺の目つきの悪さを見て……因縁つけられたと思ったんだろうな。今までもこの目つきのせいで、こういうトラブルになったことあるし。

マジで勘弁してほしい。

「あのさぁ、あんまジロジロ見ないでくれます？」

「いや、特に用はないし……ジロジロ見てもないけど」

「はぁ？　めっちゃ目を凝らしてたじゃん。やば……警察呼びますよ？」

また警察かよ。

最近の俺、やたら警察に突き出されそうになるな。

電車は乗り過ごすわ、道には迷うわ、ギャルに絡《から》まれるわ。

まったく……やってられねぇ。

「あー、ごめん。その人、うちの知り合いなんよ。まー……どっちかってーと、姉の知り合いだけど」

そのときだった。

俺とギャルの間に——加古川絆菜が割り込んできたのは。

綿菓子のようにふわふわとした、アッシュグレーのロングヘア。

小柄でスレンダーな体躯《たいく》。

大人っぽいメイクをしてるけど、水晶のように大きな瞳のおかげで、あどけなさが隠しきれていない。

そんな、青緒の実の妹——絆菜ちゃんは。

ポケットに手を突っ込んだまま、無表情に俺を見て。

「……鷹戸先輩。なんか用です？　高校と逆方向っしょ、ここいら」

「そうなんだけど……電車を乗り過ごしちゃって。それで歩いて帰ってたら、なんか道が分かんなくなって……」

「は⁉　方向音痴すぎん？」

俺の失敗エピソードで、ギャルたちが大声で笑い出した。

だけど、絆菜ちゃんだけは——めちゃくちゃ大きなため息を吐《つ》いてから。

気だるげに髪の毛を掻《か》き上げて、言ったんだ。

「……マジだる」

▲◇▼◆

電車を乗り過ごした上に、道に迷ってしまった俺は。

夕焼け空の下——絆菜ちゃんに引率されて、家路についていた。

「はぁ……だるー……」

ポケットに手を突っ込んだまま、だるそうな顔で隣を歩く絆菜ちゃん。

態度はやたら悪いけど、お人形のように整った顔立ちのおかげか、怖い感じは一切しない。むしろ、ちっちゃい子が怒ってるときのような、愛らしさすらある。

「無理に送ってくれなくてもよかったのに」

「その辺で野垂《のた》れ死なれても、困るじゃん。あお姉《ねえ》が哀《かな》しむもん。うちは哀しまんけど。あと……ぼちぼち切り上げて、帰るとこだったしね」

「そうなんだ？　友達はまだまだ、残ってそうな雰囲気だったけど……」

「そ。みんな、帰るの遅いんよ。うちは遅くても、十九時には帰るけど」

「なんで？」

「は？　あお姉《ねえ》がご飯作って、待ってるからだけど？」

いい子かよ。

喋《しゃべ》り方も態度も気だるげだし、友達がギャルだらけだから……てっきり不良系の子なのかと思ってた。

「……うちのこと、不良っぽいとか思ってたんでしょ？　どーせ」

「え……うん」

「素直かよ。そこは誤魔化せよ。ま……いーけどさ」

淡々とそう言ってから。

絆菜ちゃんは髪の毛を、ゆっくりと掻き上げた。

夕焼けの赤が、アッシュグレーの髪に映り込んで――やけに綺麗《きれい》に燃えている。

「……ゆか姉《ねえ》に聞いたけどさ。鷹戸先輩って、家に帰んないために、二人と『家族契約』を結んだんっしょ？」

絆菜ちゃんがふいに。

そんな核心に触れるような話題を、口にした。

「ま、そーいう事情があるんは分かったけど……だからってこんな契約、ふつー続けようと思わんくない？」

「……まぁ、普通はしないかもな。そもそも『家族契約』自体、普通はないだろうし」

「それはそう。ゆか姉《ねえ》がふつーじゃないんは、分かる」

そんな言葉を交わしあってから。

絆菜ちゃんはじっと――俺の顔を覗《のぞ》き込んで、言った。

「で、なんで『家族』続けてんの？　行き場がないから？　だから――しぶしぶ『家族』のふり、やってんの？」

絆菜ちゃんはなんで、こんなことを聞いてくるんだろう？

分からないけど……その目がやけに、真剣だったから。

俺は素直な気持ちを吐露した。

「ここ以外に行き場がないってのも……もちろんあるけど。しぶしぶ続けてるわけじゃないな。そうだな――この『家族』が温かくて、出ていきたくないってのが、正直な気持ちなのかもしれない」

「温かい？」

「ああ。青緒がニコニコ話し掛けてくるのも。ゆかりが鬱陶しくからかってくるのも。青緒とゆかりと絆菜ちゃんが、仲良さそうなのも。どれも……温かいなって。これが家族なんだなぁって、思うんだよ」

俺の生まれた家は……そうじゃなかった。

頑固で、持論が強くて、それに逆らうことを許さない――父親。

過保護で、優柔不断で、なんでも父に相談しないと決められない――母親。

親の目を気にしないといけなくて。自分の意見を押し殺さないといけなくて。

――ずっと、凍えてた。

「ま。そんな感じで……加古川家の『家族』として暮らしてるのが、なんか温かくて、楽しくて。つい長居しちゃってたな。ごめん」

「……や。別に、謝んなくていーし」

俺が謝罪の言葉を口にするのと、ほぼ同時に。

絆菜ちゃんは唇を噛《か》んで——俺から視線を逸らした。

「とりま、覗き魔じゃないんは分かったし。あんたと話してるときのあお姉《ねえ》、めっさ楽しそうだし。だから……」

そして絆菜ちゃんは。

少しだけ微笑《ほほえ》んで、言ったんだ。

「……いる分には、別にいーよ。好きなだけ、うちにいれば？」

その表情が——いつもの感じと違って、なんだか柔らかなものだったから。

「……お姉ちゃんそっくりなんだな。優しいところとかさ」

「はぁ⁉ お、お姉ちゃんって、あお姉《ねえ》のこと⁉ 似てないって！ うちは別に優しくないし‼ 口説こうとしてんなら、よそでやんなよ!」

「どこが口説いてんだよ⁉ 言い掛かりだな……中学生をナンパするほど、落ちぶれてねーよ」

「はぁ⁉ 失礼じゃね⁉ 子ども扱いすんな、マジだるっ‼」

どうしろっちゅーねん。

まったく、難しい奴《やつ》だな……なんて思ってるうちに。

俺と絆菜ちゃんは、我が家に辿《たど》り着いた。

「あ、流くん！」

中に入ると同時に、物音を聞きつけたらしい青緒が、リビングから駆け寄ってきた。

「もぉ、どこ行ってたのさー。流くんの方が先に帰ったはずなのに、いないから心配し
……あれ、絆菜？　流くんと一緒に帰ってきたの？」

「あ……うん。途中でなんか、会っちゃって」

「そっかそっか。絆菜も少しは、流くんとお話しできたかな？」

「……してないよ。ずーっと無言。オール無言」

それはそれで嫌だな。無言の帰宅。

照れ隠しなんだか、面倒くさいからなんだか、適当にはぐらかした絆菜ちゃんは、階段をのぼりかけて——ピタッと足を止めた。

「……そーいや、あお姉《ねえ》。鷹戸先輩がうちのこと、ナンパしてきたような、してこなかったような——そんな気がする」

「――はい!? ちょっ、絆菜ちゃん!?」

もちろん、嘘《うそ》である。

いや、正確には嘘ですらないな? してきたような、してこなかったような……って。

曖昧の極致じゃねーか。

だけど――素直すぎる青緒は。

そんな妄言にすら、簡単に引っ掛かってしまって。

「……流くん? どういうことかなぁ? ちょっと詳しく、説明してくれるかなぁぁ!?」

「うわあああ!? 怖い怖い! 笑顔の圧が、トラウマになるから!! ……って、おい絆菜ちゃん! 事態を収拾してから二階に上がれよ!?」

俺は必死に叫ぶけど、絆菜ちゃんはニヤッと笑うと。

青緒に詰め寄られてる俺に向かって……あっかんべーってしてきた。

「この罰ゲームが――道案内のお駄賃、ってことで」

第9話　姉に憧れる妹、『家族』の条件を決める

青緒《あお》とゆかりと『家族契約』を結んでから——二週間が過ぎた、土曜日。

俺は一人で、リビングのソファに座っていた。

ちなみに青緒は、絆菜《きずな》ちゃんとゆかりの二人を起こしにいってる。

休みの日だけならともかく、平日だろうとあの二人、青緒が声掛けないと起きないんだもんな。青緒なしじゃ生きていけないだろ、絶対。


『**未成年　親に隠れて　寝泊まり**』


一方の俺は、こんなキーワードを入力して……スマホで調べ物をしていた。

——青緒とゆかりには、温かく迎え入れてもらってるし。

——絆菜ちゃんからも、好きなだけいればいいと、許可を得てはいる。

だけどさ？　いつまでも加古川《かこがわ》家の厄介になってていいのかなって、考えてはしまうんだよ。

なのでこうして、次の行き場を探してみるんだけど……。

「……バブー知恵袋とか、法律相談とか。決まってそんなのしか、引っ掛かんないんだよなぁ。あとは、いかがわしいサイトくらい」

それでも諦めず、どんどん下の検索結果まで進んでいくと、お決まりのものじゃない結果も出てはくるんだけど……。

「『掘り下げ！　未成年の悩み　#78【親に隠れて】』……なんだこれ？　動画みたいだけど……」

物は試しと、MeTubeに飛んでみる。

――はいはい。そんじゃー次の未成年、いってみよー。

『でるちゃん、こんにちは。高校二年のミヤコです。私には好きな先輩がいます。超絶イケメンの、ビリヤード部の部長です！　先輩を落とすには、もうどこかに連れ込んで、既成事実ってパターンしかないと思います。親に隠れて連れ込める場所はないですか？』

――ねーよ、そんなの！　あっても言えるか、わたしのラジオが終わるわ‼

ったく……そういう極論より、普通に可愛《かわい》くコクった方が効果あるって。

たとえば、教室から呼び出して告白……とか。男子って意外と、王道に弱いよ？

「……なんで鷹戸《たかと》先輩、『掘田《ほった》でるチャンネル』観てんの？」

「うわっ⁉　びっくりした！」

急に背後から声を掛けられて、俺は驚きのあまり、スマホをソファに落としてしまう。

まだ再生が続いている動画を、俺の後ろからじーっと眺めているのは——絆菜ちゃんだった。

アッシュグレーのロングヘア。くりっと大きな瞳。

寝起きでメイクをしていないせいか、なんだか普段より顔つきは幼く見えるけど……肌はつるつるだし、目鼻立ちもくっきりしてるし。メイクをしなくても、十分な可愛さを備えている。

そして、その身に纏《まと》っているのは——着ぐるみ。

そう。ウサギさんだ。

「どうして絆菜ちゃんは、ウサギさんになってるの？　寂しくなったら死ぬアピール？」

「はぁ⁉　馬鹿にしてんの⁉　ちげーし。うち、全身もこもこじゃないと、うまく寝らんないの。だから、寝るときはいつも着ぐるみ」

「……そうだったの？　初めて見たけど」

「……あー。鷹戸先輩に見られんのが癪《しゃく》で、いつも着替えてから出てきてた。今日は忘れてたわ。ま、いーけど」

ま、いーけど……で済むなら、癪とか言わなくてよくないか？

俺としては納得いかないけど、絆菜ちゃんはどこ吹く風って感じ。

そしてウサギ着ぐるみ絆菜ちゃんは、俺のスマホをひょいっと取り上げると。

「掘田でるちゃんってね、JCの間で今、めっさ熱いんよ！　声優とかタレントとか、マルチに活動してんだけど。けっこーズバッと物を言うから、めっさ格好いいわけ！」

俺がたまたま再生させた動画を観ながら……やたら楽しそうに語る絆菜ちゃん。

その表情は、いつもの気だるげな感じとは違って。

――やっぱり、青緒に似てるなって思った。

「過去回にもさ、まだまだ面白いのあるよ！　掘田でるが、後輩声優二人からドッキリを仕掛けられ――って、なに？　うちの顔見て、へらへらして」

「あ、ごめんごめん。なんていうか……青緒と絆菜ちゃんって、やっぱり姉妹なんだなって思って」

「……どーいう意味？」

ちょっとムッとした顔で、こちらを見てくる絆菜ちゃん。

フードについたウサ耳が、左右に揺れた。

俺はそんな絆菜ちゃんを見つめ返して、答える。

「青緒は普段——しっかり者で気遣い上手な、長女タイプで。絆菜ちゃんは、気ままでフリーダムな、末っ子タイプって感じで。だけど、笑ったときとかリラックスしたときとかは……すごく似てるんだよな。そういうところが、姉妹っぽいなって」

自分が一人っ子だから、理想化してるところもあるんだろうけど。

まったく違うようで、なんだか似ている。

きょうだいの、そういう感じが……微笑ましくって羨ましいんだ。

「もぉぉぉ……流《りゅう》くぅん。今日のゆか姉《ねえ》、ぜーんっぜん起きてくれないんだよぉ」

そんなリビングに——青緒がげんなりした顔で入ってきた。

っていうか、十二時近いってのに、まだ起きないのかよ。

死んでんじゃないの？　ゆかりの奴。

「…………」

すると、絆菜ちゃんは——ぽいっと投げるように、スマホを俺に返すと。

足早に廊下の方へと出ていった。

「あれ？　絆菜、どうしたの？」

「……別に」

青緒に対して、やたらぶっきらぼうに応えると。

絆菜ちゃんは——ちらっとだけ、俺の方を振り返って。

睨《にら》むようにして、言った。

「………全然、似てないし。うちらは」

◆◇◆◇

絆菜ちゃんが、二階に戻って。

ゆかりは、起きる気配が全然なくて。

そして、お昼前のリビングには——俺と青緒だけがいる状態になった。

「……ゆか姉《ねえ》、起きちゃうかな？　……でも、まだしばらく起きないよね……」

ソファに腰掛けてる俺とは、対照的に。

青緒は、リビングの中をうろうろしながら……なんかぶつぶつ言っている。

「えっと。どうかしたの、青緒？」

「ううん、大丈夫だよ流くん……大丈夫だよね、ゆか姉《ねえ》こないよね？　……よぉし」

最終的に、どう折り合いをつけたのか分かんないけど。

青緒は、すたたっ――と。

ドアの方からソファに向かって、駆けてくると。

「お兄ちゃんっ！　誰もいないから、充電さーせてっ‼」

凄《すさ》まじい勢いとともに……ソファに座った俺を目掛けて、飛びついてきた。

ドンッと、背もたれに倒れ込む俺。

そして、そんな俺の膝の上に、跳び箱に失敗したときみたいなポーズで座り。背中を丸めて、俺の身体《からだ》に密着してるのが――青緒。

控えめにいって……割ととんでもない光景だと思う。

「何してんの、青緒？」

「充電だよ、お兄ちゃん。ぎゅー電とも言う。ギューッてするから」

「初めて聞く単語だな……で？　充電したらどうなるの？」

「疲労回復、ストレス解消、自律神経を整えて、幸せホルモンを分泌する効果もっ！」

俺は温泉かな？

まったくもって、めちゃくちゃな理屈をこねてるなって思うけど。

俺にくっついて、にへーっと笑ってる青緒が……いつもより無邪気で、リラックスしてるように見えたから。

無下に引き剝がすのはやめておく。

「……ねぇ、流くん？　お兄ちゃんって呼んで、甘えてくるあたしのこと……嫌だったりしない？」

すると──ふいに。

俺にくっついてる『妹』が、不安そうに言った。

「嫌とかは、まったくないけど……突然どうしたの？」

「んー……あたしって普段、誰かに甘えたりしてないからさ。なんか、流くんに甘えても……可愛くないんじゃないかなとか。うざかったりしないかなとか。いっつも一人のときに、考えちゃうんだよ」

青緒の思い掛けない告白に、俺は正直、驚いてしまった。

甘えた経験が少なくて、加減が分からないって──確かに以前、青緒はそう言っていたけれど。

まさか一人で悩むほど、気にしていたとは。

「……あたしはね。絆菜みたいに、なってみたいんだ」

「え？」

絆菜ちゃん、みたいに？

戸惑う俺の胸元から、顔を離して……青緒は話しはじめた。

「絆菜はちっちゃい頃から、お人形さんみたいに可愛かったんだよ。しかも、メイクとかファッションとか、すっごくおしゃれでしょ？　自分の妹ながら、もぉめちゃくちゃ可愛いんだよ！　アイドルグループに入ったら、圧倒的大差で一位になりそうじゃない⁉」

「……お、おう……？」

目をキラキラさせながら、やたら早口で語る青緒。

その様子はまさに――シスコンお姉ちゃんって感じだ。

「もちろん、見た目だけじゃなくってね？　ちょっと気まぐれなところとか、慣れた相手には甘えてきたりとか、意外と寂しがりだったりとか……絆菜ってば可愛い！　もぉ大好き‼　まさに可愛い妹の代表――それが絆菜なんだよっ！」

青緒の語る絆菜像は……俺の捉えているものとは、正直ちょっと違った。

誰よりも近くで絆菜ちゃんを見てきた、青緒だからこそ感じる――絆菜ちゃんの可愛さってものが、きっとあるんだろう。

「……だからね」

そして青緒は、俺にぐいっと顔を近づけて。

吐息が当たるほど、間近の距離で。

はにかむように笑って——言ったんだ。

「あたしは、絆菜みたいな『妹』になりたい。可愛《かわい》くって、思わず護《まも》ってあげたくなるよ
うな、そんな女の子に。だからね、流くん——お兄ちゃんのときはこれからも、あたしを
甘やかしてあげてくださいっ！」

——甘やかしてあげてください、とか。

何よりも甘えてるセリフじゃんかって、笑ってしまった。

それから……俺は、青緒の肩に手をのせて。

笑い返しつつ、言ったんだ。

「当たり前だろ。そういう『契約』なんだから。『妹』のときは、いっぱい甘やかすから
——これからも、『家族』としてよろしくな」

「……うんっ！　ありがとう、お兄ちゃん‼」

「おっはよう！　ゆかりお姉さまが、お目覚めなんだわよっ‼」

そんなタイミングで。

バンッと、ドアを思いきりよく開けて。

睡眠時間を取りまくり、元気百倍状態になった加古川ゆかりが――意気揚々とリビングに入ってきた。

――その僅かな瞬間で。

俺と青緒は、間髪入《い》れずに距離を取ることに成功した。

ソファから飛び退いた青緒は、キッチンの方へと無言で歩き出し。

逆にソファに寝そべった俺は、横になったままスマホをいじるという、非常に態度の悪い奴《やつ》を演じはじめた。

あ……危なかった。

もう少しでゆかりに、俺と青緒がほぼゼロ距離でべたべたしてるところを、見つかるところだったよ……。

「……ん？　なんか二人とも、反応悪くない？　ゆかり様のお出ましなんだけどー？」

「……どうでもいいけど、『こんにちは』だからな？　もう十三時回ってるし」

「ふーん」

反応してやったのに、気に入らなかったのか、軽く流された。

「えっと……おはよう、ゆか姉《ねえ》。やっと起きたんだね、もぉ」

キッチンの方から振り返った青緒は、優しい口調でそう言った。

青緒、甘やかしすぎちゃ駄目だぜ？　こういう輩《やから》は、少し反省させないと。

ってことで俺は……敢《あ》えてじとーっとした目で見て、ゆかりに呆《あき》れた気持ちを伝えてやろうとしたんだけど。

なぜだか、ゆかりは——ゆるゆるのタンクトップの胸元を、バッと両手で隠して。

「まったく、流稀《りゅうき》は朝からお盛んなんだからっ！　この、おっぱい星人めっ‼」

「すげぇ言い掛かりだな⁉　勝手に人を、地球外性命体に仕立て上げんな！」

「……じとー」

すると——キッチンの青緒が。

わざわざ「じとー」って声に出した上に、ジト目で睨んできた。

「……なにゆえ青緒に、ジト目で睨まれねばならんのか。悪いのはこっちの、自堕落教師だぜ？」

「ゆか姉《ねえ》は、寝起きが悪い子だけど。流くんは……節操がない子だからだよっ！」

「あるだろ、節操‼ 俺にはいつだって、賢者のような心が備わってるわ！」

「ほんとに〜？ どうかなぁ……」

そう言うと青緒は——ブラウスの上から、両手を当てて。

もにゅっと、自分の胸を持ち上げてみせた。

…………。

……………………あ。

「ほら、やっぱり見た！ 胸があったら見る人なんだよ、流くんは‼ そういうのを節操がないって、世間では言うんだよってば‼」

「そりゃ見るだろ！ いや、そりゃ見るだろも変だけど……突然目の前で、女子が胸を強調してきたんだぞ⁉ 俺じゃなくても、男子はほぼ百パーセント見るって‼ 逆にどうやったら見ないことができるのか知りたい！」

必死に反論を述べてはいるけれど……正直、頭は働いていない。

あんな柔らかそうで、良い匂いがしそうなものを、見せつけられたんだぜ？

正常でいられる方が、どうかしてる。絶対。

「ねぇ、青緒ー。朝ご飯って、何があるのー？」

「おい！ なに当たり前みたいに、朝ご飯の話してんだよ⁉」

「お腹《なか》空いたから」

完全な他人事《ひとごと》って顔をしながら……ゆかりはプッと噴き出した。

ったく。俺が反応するって分かってて、からかってきやがって。

いずれ仕返ししてやるから、覚えてろよ。ゆかりめ。

▲◇▼◆

ゆかりが起きてきた後は、俺と青緒とゆかりで、雑談をしたりゲームをしたりした。

ちなみにこの家で、ゲームを一番持ってるのは、ゆかりだ。

学生時代からゲーマーだというゆかりは、格ゲーをやってもレースゲームをやっても、ぶっちぎりで勝ちやがる。

「ねぇ、あーたん。きーちゃんも呼ばない？」

「もぉ。きーちゃんって呼ぶと、絆菜が怒っちゃうよ？　子どもっぽいから嫌だって、言ってたでしょー」

「昔はあーたん、きーちゃんって呼んでも、喜んでたのになぁ。おのれ、思春期めぇ」

ゆかりに言われて、青緒が呼びに行ったけど——絆菜ちゃんは不参加。

そういえば、さっきの絆菜ちゃん……ＭｅＴｕｂｅの話で盛り上がってたのに、急にスンッてなったよな。

俺の言葉の何かが引っ掛かったのかもだけど、なんだったんだろうな。

「ま、しょーがないや。そしたら、三人で勝負しよー‼　言っとくけど、私……このゲームで億万長者になるためなら、手段は選ばないよん？」

──その言葉どおり。

ゆかりは容赦ない手段を駆使して、圧倒的大差で勝利を収めた。

……リアルファイトになるのを我慢した俺を、どうか褒めてほしい。


それから、しばらくして──。

青緒は買い物に、ゆかりは映画を観に、それぞれ出掛けていった。

特に用事もない俺は、部屋に戻ってマンガでも読んでようと……二階に上がった。

「──わっ⁉」

「やほ。鷹戸先輩」

階段の、最後の段のところには──絆菜ちゃんが座り込んでいた。

その格好は、さっきの着ぐるみスタイルではない。肩を大胆に露出したイエローの洋服に、レザー地のミニスカート。足首にはキラリと輝く、花のチャームのアンクレット。

その上、メイクまでばっちり施して……さっきまでに比べて、やたら大人びて見える。

「ど、どうしたの？　こんなとこに座って……」

「待ってた。鷹戸先輩を」

「俺を？」

「そ。とりま、来てくんない？　うちの部屋に」

「は⁉　き、絆菜ちゃんの部屋⁉」

さっきまで不機嫌そうだったのに、今度は急に自分の部屋に誘ってくる。

まるで猫みたいな絆菜ちゃんに戸惑っていると……俺はぐいっと手を引かれた。

「いーから……こっち来てって」

そして俺は——半ば強引に、絆菜ちゃんの部屋へと招き入れられる。

ベッドや棚の上には、小さなぬいぐるみが飾ってあって。

机の隅には、無数のメイク道具が並べてある。

そして……鼻孔をくすぐる、フローラルな香り。

まさに女の子の部屋、って感じで、内心ドギマギしてしまう。

すると……絆菜ちゃんは、机の引き出しを開けて。

何かの書類を取り出し、俺に向かって突き出してきた。

「……『家族契約書』？　しかも、俺のサインがあるから……改訂版の方だ」

「そ。いつもは、ゆか姉《ねえ》が保管してんだけどさ。うちが、改訂版の方にサインすんの保留してたから。いったん預けるって、渡されたんだよね」

そう言うと絆菜ちゃんは、机の上に『家族契約書』を置いて――。

「ねぇ、鷹戸先輩……うちとも『家族契約』してくんない？」

――思い掛けない提案を、口にした。

「赤の他人と『家族契約』するのは嫌って、前に言ってなかったっけ？」

「うん、言った。けど……今は嫌じゃなくなった。そんだけ。喋《しゃべ》ってみたら鷹戸先輩、いい人だったしね。それに――うちらだけ『家族』じゃないのも、そろそろだるいし」

あっけらかんと、そう言ってから。

絆菜ちゃんは、俺が空けておいたスペースに……自筆のサインを記入した。

家族契約者：　加古川ゆかり　加古川青緒　加古川絆菜　鷹戸流稀

「これで、うちらも——『家族』になったね」

そう言ってニヤッと笑う絆菜ちゃんは、いたずらを思いついた子どものよう。

一体なにを考えてんだろ……なんて、疑問に思っていると。

絆菜ちゃんは二枚綴《つづ》りの契約書を、ぺらっとめくった。

「ちなみに『続柄《つづきがら》』は——もう決めてあるから」

加古川ゆかり……【長妹】青緒　【次妹】絆菜　【双子】流稀
加古川青緒　……【姉　】ゆかり　【妹　】絆菜　【兄　】流稀
加古川絆菜　……【長姉】ゆかり　【次姉】青緒　【弟　】流稀
鷹戸流稀　　……【双子】ゆかり　【妹　】青緒　【姉　】絆菜

——え？

絆菜ちゃんが、俺の……『姉』!?

第10話　『姉』と『妹』の憧れ、混沌《こんとん》の渦を巻き起こす

それは、両親を亡《な》くした青緒《あお》と絆菜《きずな》ちゃんのために、ゆかりが作ったもので。
血の繋《つな》がりなんて関係なく、気持ちと気持ちで繋がった『家族』になろうっていう――
優しい契約だ。
――『家族契約書』。
両親との不和から家を出た俺は……そんな優しい『家族』の証《あかし》に惹《ひ》かれて。
青緒とゆかりの厚意に甘えて、『家族契約』を結んだ。
そして今、ずっと保留していた絆菜ちゃんとも、『家族契約』を結んで。
俺たち四人の『家族』の関係は――こうなった。

流稀にとっては――『姉』が絆菜、『双子』がゆかり、『妹』が青緒。
青緒にとっては――『姉』がゆかり、『兄』が流稀、『妹』が絆菜。
絆菜にとっては――『長姉』がゆかり、『次姉』が青緒、『弟』が流稀。
ゆかりにとっては――『双子』が流稀、『長妹』が青緒、『次妹』が絆菜。

……なんか矛盾してない⁉

まず大前提として、絆菜ちゃんは青緒の、実の妹だ。

だけど……俺の『姉』が絆菜ちゃんだとしたら、俺の『妹』に当たる青緒は、絆菜ちゃんにとっても『妹』にならないとおかしい。

あと、ゆかりと俺が『双子』なら、絆菜ちゃんにとって俺は『弟』、ゆかりは『長姉』ってなるのも、意味分かんない。『双子』の定義がバグってる。

——とにもかくにも。

絆菜ちゃんが俺との『関係』を、『姉弟』と定義したことによって。

この『家族契約』には……とんでもないねじれが生まれてるんだ。

「——ってわけで。『続柄《つづきがら》』を訂正しようぜ？　絆菜ちゃん」

そんな矛盾点を説明した上で、俺は絆菜ちゃんに訂正を呼び掛けた。

絆菜ちゃんは、俺の言葉を頷《うなず》きながら聞いた上で——。

「やだ」

即答だった。

「うちは『弟』が欲しいの。上にはあお姉《ねえ》も、ゆか姉《ねえ》もいるから……『兄』はいらん」

「いらん……って言われてもな。じゃあ、どうするんだよ。すげぇ矛盾してるんだぜ？」

「別によくね？　あくまでも、我が家の中だけのルールなんだし。こまけぇこたぁいいんだよ‼　……の精神っしょ」

たいして表情も変えず、絆菜ちゃんはそう言うと。

アッシュグレーの髪の毛を掻《か》き上げて──ニッと笑った。

「さぁ、『弟』よ！　うちに忠誠を誓いな‼」

「待て待て！　姉弟は別に、主従関係じゃねぇからな⁉」

「……違うん？　マンガとかの姉って、弟に対して傍若無人でも許されてね？」

ろくなマンガ読んでねぇな、こいつ。

俺は頭を抱えつつ、絆菜ちゃんに尋ねる。

「百歩譲って、矛盾は置いとくことにしよう。ただ……なんでそんなに、『姉』をやりたいんだ？　しかも、わざわざ知らない男と『家族契約』してまで」

さっきから、色々理屈をこねてはいるけど。

要はそれって──絆菜ちゃんの中に、『姉』をやりたいって願望があるからだろ？

俺としては、加古川家《かこがわ》に住まわせてもらってる身だから……よほどアブノーマルな要求でもされなきゃ、断るつもりもない。

だから、思ってることがあるなら——先に教えてほしいんだよ。

「……うちはね。あお姉《ねえ》みたいに、なってみたいんだ」

——ん？

なんか、このセリフ……デジャブってない？

戸惑う俺をよそに、絆菜ちゃんは語りはじめる。

「あお姉《ねえ》はちっちゃい頃から、めっさ可愛《かわい》かったんよ。あのふんわりした雰囲気とか、穏やかな笑顔とか、ヤバくない？　天性の美少女！　そんでもって、あの優しい性格よ？　誰もが結婚したいって思う、理想の女性っしょ!?　もー、あお姉《ねえ》大好き！」

「……お、おう……？」

目をキラキラさせながら、やたら早口で語る絆菜ちゃん。

その様子はまさに——シスコン妹って感じだ。

……っていうかやっぱ、君たち姉妹って、めちゃくちゃ似てるよね？

「……あお姉《ねえ》はさ。お父さんと三人で暮らしてた頃も、料理とか洗濯とか、色んなことやってくれてた。うちはちっちゃかったし、そもそも不器用なタイプだから……あお姉《ねえ》にいっぱい助けてもらってた。しっかり者で優しくて、いつでも頼りになる——憧れの人なんよ。あお姉《ねえ》は」

誰よりも青緒を近くで見ていた、絆菜ちゃんだからこそ。

語り口に熱が籠もっているのを感じる。

——そして絆菜ちゃんは。

パチッとウィンクをして、言ったんだ。

「だから……うちは、あお姉《ねえ》みたいな『姉』になる。しっかりしてて、なんでもそつなくこなせる——一人前のレディに。だから鷹戸《たかと》先輩は『弟』。『弟』の世話して、スキル磨いて、あお姉《ねえ》みたいになるわけ！」

…………うーんと。

青緒が、絆菜ちゃんみたいな『妹』になりたいって言って、甘えてくるのと——理屈はまったく同じなんだけど。

なんかいまいち、釈然としない。

「いや……絆菜ちゃんのなりたい自分ってやつは、分かったんだけどさ。スキルを磨く相手なら、彼氏とか、男友達とか、そういう人に頼めばよいのでは？　俺みたいなよく知らない奴《やつ》に頼まなくても……」

「なんそれ？　うちに彼氏がいるとでも？」

「いないの？」

「いるわけないし。男友達ってほど親しい奴もいないよ。だって、男とか……何するか分かんないじゃん。怖いよ」

そう言いつつ、下を向く絆菜ちゃん。

なるほどな……メイクとかファッションとか、見た目は派手な彼女だけど。

中身はすごく純朴で。なんだかんだ『家族』想いな。

——優しい子なんだな、本当に。

「だから……あお姉《ねえ》がめっさ気を許してる鷹戸先輩なら、人畜無害だと思うから。よろしく、お願いします……『姉弟』関係」

————こうして。

絆菜ちゃんと俺は、晴れて『姉弟』になったのだった。

▲◇▼◆

「流《りゅう》ちゃん」

「なんだよ、姉貴？」

「ふふふふふ……呼んだだけ」

嫌な姉貴だな。あと、笑い方が不気味すぎる。

——ってなわけで。

二人のときは『流ちゃん』『姉貴』、それ以外のときは『鷹戸先輩』『絆菜ちゃん』のまま……そう呼び方を決めてから。

俺たちは一階の、ダイニングキッチンに移動した。

「ちなみに……あお姉《ねえ》とゆか姉《ねえ》には、うちが『姉』修業してんのは秘密ね。あお姉《ねえ》とゆか姉《ねえ》が帰ってきたら即、中断だから」

「……なんで秘密にするんだよ？　どうせ俺たちが『姉弟』になったことは、『家族契約書』を見たら分かるだろ」

「『姉弟』って知られんのは、いーの。ただ、うちが『姉』修業してんの知ったら……あお姉《ねえ》は気にすると思うから。今まで気付いてあげらんなくてごめんね、とか。そーいうのは……なんか悪いじゃん？」

そう言って少し、遠い目をする絆菜ちゃん。

まぁ……絆菜ちゃんがそう思うんなら、絶対にオープンにしろとは言わないけどさ。

「ちなみに、ゆかりに言わないのはなんで？」

「ぜってー、からかうじゃん。ムカつくから、やだ」

なるほど。こっちは至極ごもっともな理由だった。

そんな感じで、『姉弟』のルールを明確化してから——絆菜ちゃんは。

キッチンに立って、ニヤッとした笑みを浮かべた。

「んじゃ、さっそく……料理に挑戦すんよ。流ちゃん、首を洗って待ってな？」

「なぜ食事を待つのに、首を洗わにゃいかんのか」

「口答えすんな。そんじゃあ……いくよ！」

いつもの気だるげな感じとは打って変わって、絆菜ちゃんは大きな声を上げると。

――包丁を振り下ろした！

ガコンッと、まな板から嫌な音がした。

「いったぁ……手ぇ痺《しび》れたんだけど。なにこの包丁？　やば」

「やばいのは姉貴だって……そんな勢いはつけないから、普通」

「んじゃ、こう？」

トンッと。

包丁が優しく、野菜に触れる。

「切れないじゃん。嘘《うそ》つき」

「……マジで料理したことないんすね、姉貴さま。いや、それ以前の問題か……？」

ついさっきまで、なんだかんだ青緒と絆菜ちゃんって似てるよな……なんて思ってたけど。訂正する。

家事スキルに関しては、この二人――似ても似つかない。

「……料理は、また今度にする。次は、掃除機かけるし」

早々に諦めた絆菜ちゃんは――今度は掃除機を持ち出した。

まぁ、料理って結構難しいからな……『姉』スキルを身に付ける第一歩としては、掃除とかの方がいいのかもしれない。

そして絆菜ちゃんは——掃除機のスイッチを押した。

「は？　動かないんだけど……マジだる。壊れてんの？」

カチッカチッと、スイッチをオンしたりオフしたりする絆菜ちゃん。

けれども掃除機は、うんともすんとも言わない。

そりゃそうだよ……コンセントに繋《つな》いでないんだから。

「マジで壊れてるし。しゃーない。捨てっか」

「捨てんな捨てんな、壊れてないから！　こんな馬鹿な理由で捨てたら、掃除機に祟《たた》られんぞ!?」

「は？　ちょい流ちゃん……お姉ちゃんに馬鹿って言って、いいん？」

勢いでツッコんだら。

なんか変なところで、絆菜ちゃんのスイッチが入ってしまった。

そして絆菜ちゃんは、こちらに近づいてくると——俺のズボンに手を掛ける。

「ちょっ!?　何してんだよ!?」

「え？　『弟』がおいたしたら、お尻ぺんぺんっしょ？　マンガで見た」

「いつの時代のマンガだ!!　現代では体罰は禁——って、やめてー!?　ズボンをおろさないでー!?」

「……え？　何やってるの……二人とも？」

　そんな、考えうる限り最悪のタイミングで。

　買い物から帰ってきた加古川青緒が——絆菜ちゃんが俺のズボンをおろそうとしている、地獄みたいな状況を目撃してしまった。

　青緒の手からバサッと、買い物袋が落下する。

「さ、最近やっと、絆菜が流くんに懐《なつ》いてくれたかなーって……嬉《うれ》しく思ってたのに。まさかこんな、破廉恥な懐き方をしてたなんて……っ‼」

「……ちょい待ち、あお姉《ねえ》」

　どうあがいても絶望、ってシチュエーションなのに。

　絆菜ちゃんは、俺のズボンから手を離すと……なぜだか堂々と、青緒の方に向き直り。

　それから——両手で自身の顔を覆った。

「あお姉《ねえ》……うちだって、こんなこと、やりたくなかったんよ……」

「え、怖っ⁉　本当に恐ろしいのは女の涙って、そういう話だな⁉　ちーがうだろ、違うだろー⁉　こうやって冤罪《えんざい》が生み出さ——」

◆◇◆◇

結局その後。

俺は青緒から、みっちり事情聴取を受ける羽目になった。

――絆菜ちゃんは、青緒みたいな『姉』を目指して、特訓をはじめた。

この事実については、絆菜ちゃんから厳重に口止めされている。

なんでも、青緒やゆかりの前で姉ぶるのは、恥ずかしいんだとか……そういうところ、青緒とそっくりだよね、絆菜ちゃん。

というわけで……そこを伏せつつ、俺は青緒に状況を説明して。

どうにか許しを得たわけなんだけど――。

「……なんか俺に言うことはないの？」

「……いや。ふつーにごめん」

絆菜ちゃんはバツが悪そうに、軽く頭を下げた。

俺と絆菜ちゃんが立ち話をしてるのは、二階の廊下。一階には青緒と、ついさっき帰ってきたゆかりがいる。

「……一応、なんか説明しなきゃって思ってたんよ。けど、あお姉《ねえ》の前に出たら……めっさビビっちゃって、つい」

小声でそう言うと、絆菜ちゃんは体育座りのまま、背中を丸める。

「いや、いいんだけど……君がついやったことで、俺は社会的に死にかけたからね？」

「ごめんて。鷹戸先輩……怒ってる？　うちが悪い子だから……」

呟《つぶや》くようにそう言うと、絆菜ちゃんは上目遣いに、こちらを見てくる。

スレンダーな胸の間で、人差し指同士をくっつけて。

水晶玉みたいに大きな瞳を、少しだけ潤ませて。

「……それ、ずるくないかい？　絶対に許してもらえる甘え方じゃん」

「え⁉　そ、そうなん⁉　そんなの、狙ってやってない！」

「狙わずこれなら、天性の妹気質だと思うよ……絆菜ちゃんは」

「これ、妹気質なん⁉　……お姉さんらしい振る舞い、マジむずすぎ」

ガーンッて顔のあと、しょぼんって顔をする絆菜ちゃん。コミカルさと可愛《かわい》さが溶けあった、完璧な『天然小悪魔妹キャラ』じゃん。たちが悪い。

だけど……。

絆菜ちゃんって普段は、素っ気なくて気が強そうな印象だったけどさ。

思いのほかビビりで。

めちゃくちゃ家事が苦手で。不器用で。

実は、青緒と同じで――心優しいんだなって、分かったから。

おかげで前より関わりやすくなりそうだし……まぁ今日のところは、溜飲《りゅういん》を下げてやるとしよう。

――立派な『姉』になるまでの道のりは、まだまだ遠そうだけどな。

「きーちゃーーん！『スマシス』やろうよー‼『スマッチョシスターズ』‼」

すると――一階から大声で。

ゆかりが絆菜ちゃんを、ゲームにお誘いしてきた。

俺と絆菜ちゃんは、顔を見合わせると……ぷっと噴き出す。

ったく、こっちはそれなりに、真面目な話をしてたってのに。ゆかりは今日も、通常運行だな。

それから絆菜ちゃんは、俺に小さく手を振ると。

階段を駆け下りながら、声を張り上げた。

「――きーちゃん言うなぁ‼　今行くから、首洗って待ってな！」

そうして、絆菜ちゃんの姿が見えなくなった……すぐ後に。

入れ違うように青緒が、すててっと階段を駆け上がってきた。

「あれ、青緒？　青緒もゆかりと、『スマシス』やってたんじゃ――」

「流くん、こっちだよ！」

俺が質問を言い終えるよりも早く、青緒は俺の腕を取ると。

そのままぐいーっと……青緒の部屋へと連れ込んだ。

ふわりと漂う、甘いミルクのような香り。

室内は綺麗《きれい》に片付いていて、あまり多くのインテリアは飾られていない。

そんな中――机の上には、フォトフレームが置かれていて。

そこには、揃《そろ》ってピースサインをしてる、小さい頃の青緒と絆菜ちゃんと。そんな二人を温かく見守る……ご両親の姿が写っていた。

「……で、青緒さん？　急に部屋まで連れてきて、一体なんの用？」

「……お兄ちゃんは、ベッドのとこに座ってください」

なんで？

よく分からんが、わざわざ二人っきりになって、「お兄ちゃん」呼びをしてるんだ。

きっと何かしら、青緒のやりたい『甘え』があるんだろう。

「はい、座ったよ。それで、次はどうすんの？」

「……い、いっきまーす」

通常、甘えるときに言わなそうな掛け声とともに。

青緒はぴょこんと、ベッドの上に乗って――そのままこてんっと、俺の膝の上に寝転んできた。

そう、いわゆる――膝枕の状態ってやつだ。

「これがやりたかったんだ、青緒？」

「………………」

俺のお腹《なか》あたりに顔が向く体勢で寝転んだまま――青緒は何も言わずに、こくこくっと頷《うなず》いた。

髪の毛で隠れちゃって、表情はよく見えないけど――ほっぺたはやたら真っ赤になっていて。

口元を隠そうとしてるのか、グーにした手を当てている。

……見てるこっちが恥ずかしくなるくらいに、照れまくってるんですけど。うちの『妹』。

「あ、青緒？　恥ずかしいなら、無理しない方がいいよ？」

「……むりしてなぃ……」

「な、なら、いいけど……い、痛くない？　男の脚だし、ゴツゴツしてるだろ？」

「……だぃじょぶ……きもちぃー……」

「そ、そうか……あ！　汗臭くない、か？　さっきまでバタバタして、汗かいたから」

「……いーにおぃするよー……りゅーくんの、におぃー……えへ……」

あ、これ駄目だわ。

俺の方が、頭おかしくなっちゃうタイプの甘え方。

堪《こら》えきれず俺は、身をよじろうとするんだけど……青緒がギュッと抱きついてくるもん
だから、動くことは叶《かな》わない。

そして、寝転んだまま、俺のお腹に顔を埋《うず》めてきた青緒は——すぅっと息を吸い込んで、
なんかビクッと肩を震わせた。

「……これ、最高。癖になっちゃうかも」

「変態すぎない？　その発言」

「……デリカシーって知らないのかな？　お兄ちゃんの、ばぁか」

抱きついたまま、俺の背中をぺしぺしと叩《たた》いてから。

青緒は呟くようにして――言った。

「……懺悔《ざんげ》させてください。この間のお風呂《ふろ》のときも、さっきも――流くんと絆菜が絡《から》んでるのを見て、焼きもちを焼いちゃいました。あたしだって、もっと甘えたいのにー……って」

――ああ。そういうことだったのか。

今日はやたら攻めた甘え方をしてくるなって思ってたけど。

バスタオル姿の絆菜ちゃんに遭遇した、あのときみたいに……さっきの俺と絆菜ちゃんの絡みが、焼きもち案件だったわけね。

「……でも、絆菜には言わないでね？　絆菜はああ見えて、すごく繊細な子だから。あたしが焼きもちを焼いてるって分かったら……きっと遠慮しちゃって、甘えられなくなると思うんだ」

妹想《おも》いな発言を口にする青緒。

だけど……別に絆菜ちゃん、俺に甘えてきてるわけじゃないよ？

むしろ『姉』として、俺を相手に色んなスキルを磨く修業をしようって考えてるっていうか。

ああ。でもこの話は……青緒やゆかりには、秘密なんだっけ。ややこしい。

「絆菜は人見知りで、ちょっと怖がりなところがあるから……あんまり人に、心を開かないんだよ。だけど、なんだか流くんといるときは——ちょっと楽しそうだった。あたしはそれが、すっごく嬉《うれ》しいんだ！」

「……そっか。まぁ、絆菜ちゃんがどう思ってるか分かんないけど……仲良くやっていけたらいいなとは、思うよ」

「うん！　絆菜ともどうか、たくさん遊んであげてね、流くんっ‼　それから……ときどきはあたしのこと、甘やかしてね？　……お兄ちゃん」

青緒に気を遣わせないように、秘密の『姉』修業をしようと考えてる、絆菜ちゃん。

絆菜ちゃんに気を遣わせないように、可愛い『妹』を目指して甘えっ子をしようとしてる、青緒。

似たもの姉妹すぎて、お互いに秘密が生まれちゃってるあたり……なんだかなぁって感じもするけども。

そういうのも含めて、『家族』って面白いなって——そんな風にも思った。

第11話『家族』の温かさに触れた俺、『妹』の大切なものを守る

加古川《かこがわ》家で暮らすようになってから、もう三週間近くになる。

既に結構な時間が経《た》ってしまったけど……いつまでもこの家の厄介になるのは良くないって、分かってるつもりだ。

だから毎日、次の行き先を調べているし。

光熱費とか食費とか、俺のせいで余計にかかっているだろう費用については、いずれ精算できるようにメモを残している。

なんなら、今の時点で支払える分だけでも渡そうと、何度かゆかりに持ち掛けもしてるんだけど……。

「なるほど、分かった！　流稀《りゅうき》、君はなんて優しい人間なんだ！　そのピュアな気持ちこそが、光り輝くダイヤモンド……そう、つまり！　その気持ちだけで、すべては精算されたんだわよ‼　はい。完」

ある日の夕飯後。

ソファでくつろいでいるゆかりに、手持ちのお金で払えるだけ渡そうとしたら……これだ。

「完……じゃねぇよ！　気持ちで家計は潤わないだろ？　今の手持ちを全部渡しても、全然足りないくらいなんだからさ。取りあえず受け取ってくれって」

「……分かった、この話はやめよう。ハイ‼　やめやめ」

両の手のひらをかかげて、首を横に振り振りするゆかり。

なんだこいつ。

人生初だぞ、お金を受け取ってもらえなくてムカつくの……いや、人にお金を渡す場面がそもそも初めてだけど。

「え？　ゆか姉《ねえ》、いらないん？　じゃあ、うちが欲しいんだけど。鷹戸《たかと》先輩、ほい」

ダイニングテーブルから俺たちのやり取りを見ていた絆菜《きずな》ちゃんが、なんか右手を差し出してきた。

こっちはこっちで、なんだこいつ。

「こらぁ！　絆菜、だめだよ。『弟』からお金をせびる『お姉ちゃん』が、どこにいるのさ‼」

「え？　でもさ、ゆか姉《ねえ》はいらないわけっしょ？　で、鷹戸先輩は、お金をあげたい。なら、うちがもらえばよくない？」

「よくないのー、もぉ！」

台所で片付けをしていた青緒《あお》が、呆《あき》れた顔で絆菜ちゃんをたしなめる。

俺の『双子』や『姉』なんかより、『妹』の方がよっぽどしっかりしてんな。

まぁ、うちの『家族』の『続柄《つづきがら》』は年功序列じゃないから、当たり前っちゃ当たり前だけど。

「でもさぁ、あーたん。一番悪いのって、流稀じゃなーい？」

「まさにそれ。鷹戸先輩のせいで、うちが怒られた感ある」

「どういう理屈だよ……世界からいじめがなくならない理由が、よく分かるぜ」

まさかの責任転嫁《せきにんてんか》を受けて、開いた口が塞がらない俺。

そんな俺を見てニヤッと笑うと、ゆかりは「ちっちっち」と指を左右に振り出した。なんか普通にムカつくな。

「あのね、流稀？　気持ちは嬉しいんだけどさ……私らは『家族』なわけよ。『家族』で暮らしてんのに、誰の食費がどれくらいとか、光熱費の個人使用量がどうとか……そんなの考えたら、リラックスできないでしょ？　そっちの方が、むしろ嫌なわけ」

「……でも。実際に金銭面の負担は、増えてるわけだろ？　それを無視してリラックスできるほど、俺も人間終わってないんだって」

「あははははっ！　さすが私の『双子』、優しいんだねぇ？　ま、でもさ……お金の心配は、本当にしなくていいから。流稀が思ってるより、我が家の財政はなんとかなってんの。ゆかり様の辞書からはね……『不可能』って言葉のページは破って捨ててあるんだわ☆」

ただの落丁じゃねーか、そんな辞書。

俺はため息を吐《つ》いて、考える。

理屈がまったく分かんないから、納得できるかと言われたら微妙だけど……無理やりお金を渡すってのも、それはそれで変な感じになるよな……。

「……そこまで言うんなら、今日のところは分かったよ。でも、俺が次の行き場を見つけたら、そのときはきっちり払うからな？　それでいいか、ゆか――」

「は？　次の行き場って、なんそれ？　まさか鷹戸先輩……また家出する気なん？」

今日のところは手打ちにしようって、言い掛けてたのに。

絆菜ちゃんは俺の言葉を遮ると、やや不機嫌そうに言いだした。

「マジだる……住みだしても、すぐ出てく。ヤドカリもびっくり」

「ヤドカリて。そうは言うけど、ずっと住まわせてもらうわけにもいかないだろ？」

「は？　なんで？　言ったじゃん、好きなだけいていいって。むしろ、出てく意味が分からん」

いやいや。普通に考えたら、赤の他人かつ異性の俺が、この家に長く滞在してる方がおかしいと思うぜ？

まぁ強《し》いて言うなら……『家族契約』なんて結んでる俺たち『家族』に、「普通の考え」は当てはまんないのかもしれないけどさ。

「ま、とにかく。鷹戸先輩がいて困ること、ないし。出ていかれた方が……『姉』的には、めっさ迷惑。だから胸張って、うちにいろし。いい？　『お姉《ねえ》ちゃん』命令ね？」

「――うん！　これに関しては、ゆか姉《ねえ》と絆菜の方が正しいよ‼　流《りゅう》くん、めっ！」

そして最後に。

しっかり者で世話好きで、いつも優しい。

……二人きりのときだけ甘えっ子。

そんな青緒が、笑顔で言ったんだ。

「流くんが、うちで暮らすのが嫌になったんなら、別だよ？　だけど、そうじゃないんなら……出ていくとか考えなくて、大丈夫なんだよってば。だってあたしも、ゆか姉《ねえ》も絆菜も――流くんと過ごしたこの三週間が、すっごく楽しかったんだから‼」

青緒の言葉に、ゆかりも絆菜ちゃんも、深く頷《うなず》いた。

そんな三人の笑顔が——なんだか胸に沁《し》みたから。

「……分かったよ。三人とも、ごめんな」

▲◇▼◆

そして翌朝も、俺は青緒と一緒に学校へ向かう。

「ねぇねぇ、流くん。昨日は色々言っちゃったけど、嫌じゃなかった?」

俺の隣を歩く青緒が、少し心配そうな声色で、下から覗《のぞ》き込んできた。

セーラー服姿の青緒の、無垢《むく》な瞳の輝きに……俺は思わずドキッとしてしまう。

「……別に嫌とか、そんなことはないよ。むしろこっちこそ、『家族』なのに……出ていく話とかして、悪かったなって思ってる」

「ううん。それも気にしなくて、いいんだよ? だって、『家族』なんだから!」

そう言って青緒は、楽しそうに笑うと。

カバンを両手で持って、セーラー服のスカートを翻《ひるがえ》して、踊るように身体《からだ》を揺らした。

カバンに結ばれた茶色い革製のパスケースが、一緒に踊る。

そんな青緒を見ていたら――なんだか目頭が熱くなってきた。

「なぁ青緒……俺が思ってたより、家族って騒がしいもんなんだな」

「え⁉ と、突然のクレーム⁉ 慎んでお詫《わ》び申し上げます、今後は同じようなことが起こらないよう、『家族』一同で徹底して――」

「いや、クレームじゃないから！ 紋切り型の謝罪はやめて⁉」

そんな――加古川家に来てから当たり前になった、他愛もないやり取りに。

俺はついつい、笑ってしまった。

「え、えぅ……笑ってる……怒りを通り越して、笑っちゃってる感じかな？ 許してほしいんだよー、流くーん。あたしばっかり楽しく過ごしちゃって、ごめんだよー」

「あははっ！ 大丈夫だって。怒ってないし、俺の方こそ……騒がしくて楽しい毎日をくれて、ありがとうな」

――俺の生まれた家は、静かだった。

父親は医者の仕事が忙しくて不在がちだったし。母親と二人のときは、当たり障《さわ》りのない会話だけして、自分の部屋に籠もることが多かった。

父親が帰ってきたら……怒鳴り声とかは、もちろん響き渡ってたけど。
とにかく、静かだったんだ。

——今の『家族』は、本当に騒がしい。
みんなでゲームをしようとか、ゆかりがしょっちゅう持ち掛けてきて。
いたずら好きなゆかりにからかわれるたび、絆菜ちゃんがムキになって怒って。
絆菜ちゃんをなだめつつ、ゆかりに注意する真面目な青緒がいて。
それでも、なんだかんだ——三人とも仲良くて。
三人と一緒に、俺もゲームで盛り上がったりして……。
本当に騒がしくて、楽しいんだ。

だから……いつまでもこの家の厄介になるのは良くないって、分かってはいるけど。
次の行き先を調べたりもしてるけど。
心のどこかで……出ていきたくないって思ってる自分もいるんだ。
それほどまでに。
この『家族契約』が——温かいものだから。

◆◇◆◆

「――じゃあ、『メンデルの法則』と呼ばれる、三つの法則。誰か分かるかな?」

ある日の生物の授業。

我が『双子』の片割れこと、加古川ゆかり先生は、黒板を指しつつ教室を見渡した。

うちのクラス担任になってから日は浅いけど、持ち前のフランクさのおかげで、ゆかりはすっかりクラスに馴染《なじ》んでいる。

「はい、鷹戸くん」

「……え? 手、挙げてないんですけど」

「当ててんのよ。ボーッとしてたから」

マジかよ。

頭を掻《か》きつつ立ち上がり、答えを思案する。

ゆかりの奴《やつ》、含み笑いしながら見てやがる……帰ったら覚えとけよ。

「えっと、三つ……『分離』と『独立』と……なんでしたっけ? 両親の遺伝子で、強い方が遺伝される的なやつ……」

「うん、お疲れさま。鷹戸くん、廊下に立ってよっかー？」

なんでやねん。三分の二は答えたじゃねーか。

ゆかりの小粋なブラックジョークで、教室から笑い声が漏れる。

そんな和やかな空気の中、手を挙げたのは——青緒だった。

「それじゃあ、加古川ー」

「はいっ！『メンデルの法則』の三つは……『分離の法則』『独立の法則』、それから『優性の法則』ですっ」

「正解！」

ああ、それだ。『優性の法則』。

二つの遺伝子のうち、優性な遺伝子の方が受け継がれるとか……そういうやつだ。

前に習ったのを思い出しながら、俺はゆかりの話に耳を傾ける。

「——この『優性の法則』って名前には、議論もあるの。たとえば、生まれてきた子どもがお父さん似だったとして。似なかった方のお母さんは、お父さんよりも劣ってるってこと!? ……って、勘違いされやすいネーミングだからね」

そしてゆかりは、黒板に知らない単語を書き出した。

——『顕性』と『潜性』。

「『優性』『劣性』に代わる言い方として、こういうのもあるんだわ。実際に表に出てくるのが『顕性』の遺伝子。そして、受け継がれなかったように見えるのが……『潜性』の遺伝子。けど、この『潜』って字――潜伏するの『潜』の字だよね？　つまり、どういうことかっていうと……」

「……顕在化していないだけで、遺伝子の中には潜んでる。どっちもちゃんと、受け継がれてるってことですか？」

今度は着席したまま、青緒が呟《つぶや》いた。

そんな青緒の顔を見て、ゆかりは――目を細めて応える。

「そうだね。生物学的に言えば……たとえ目に見えなくても、血を分けた家族の遺伝子は、必ず受け継がれていると言える。それは親と子どもの関係だけじゃなく、親と孫とか、親戚同士とか――そこまで含めてね」

ゆかりはそっと、チョークを置くと。

教卓に手をついて、優しく微笑《ほほえ》みながら――クラス中に向けて、言ったんだ。

「まー、そう考えたら――先祖から今まで含めちゃえば、人類皆きょうだい！　的な感じで、繋《つな》がってるとも言える。だから、自分が心許せる場所があるなら、それを『家族』だと思って甘えちゃえば――それでいいのよ。ゆかり先生が、保証するからさ！」

◆
◇
◆
◆

「最近の加古川先生、明らかに流稀のこと、いじってるよね」

教室で帰り支度をしていると、千歳《ちとせ》が急に、そんなことを言ってきた。

カバンを閉めて隣を見ると、いつもどおり眠たげな目をしている千歳が、じっとこちらを見ている。

「他の女子のことだって、からかったりしてるだろ。ああいう性格なだけだよ、ゆかり先生は」

「そうかなぁ。流稀にはやたら、楽しそうに絡《から》んでる気がするけど」

「千歳は、俺が先生たちの家に居候《いそうろう》してるって知ってるから、そう見えるんだよ。いいから帰ろうぜ」

千歳と一緒に教室を出て、下駄箱《げたばこ》の方まで移動する。

それから、上履きから靴に履き替えていると。

「……良かったね、流稀。家の中で楽しく過ごせるようになって」

千歳が独り言みたいに、ふっと言った。

「……家の中、って。人の家に間借りしてるだけだぜ？」

「だとしても、楽しそうで良かったよ。俺たち高校生が過ごす時間の大半は、家と学校……あったとしても、後はバイト先くらい。大人に比べて、俺たちの世界はきっと、すごく狭いから。そのひとつが『辛《つら》い空間』だったら——人生全部がつまんないように、思っちゃうでしょ？」

「そこまで言った覚えはないけど」

「将来に夢が持てないって言ってたじゃん」

「それはまぁ……そうだけど」

『マンガ家』になりたかった幼き日の俺を破り捨てて、『医者』という選択肢しか与えようとしなかった両親。

そんな家族に失望して絶望して、いつしか俺は、夢を持つことを諦めた。

その気持ちを『人生全部がつまんない』と表現するなら——確かにそうなのかもな。

「あ。鷹戸くんと、鮎村《あゆむら》くんだ」

校門を出て、しばらく行ったところで。

俺と千歳は、信号待ちをしていた青緒と、バッタリ会った。

青緒は俺の顔を見た途端、子どもみたいにニコーッと破顔する。

「珍しいな。加古川が一人でいるのって」

「うん。買い物があったから、みんなには先に帰ってもらったんだ。ほら、これ。家のお手洗いの電球が切れちゃってたから、急いで買わなきゃだったんだよ」

あー……そういえば昨日の夜、トイレの電球が切れたんだっけ。

ちょうど絆菜ちゃんがトイレを使ってるときに切れたもんだから、絆菜ちゃんがパニクって、「あお姉《ねえ》、助けてぇ！　お化け出る、出ちゃうぅ‼」って大騒ぎして……ゆかりがケラケラ笑ってたっけな。

相変わらず青緒は、我が家の中で一番しっかりしてるよな。

対するゆかりは、マジでどうしようもない。

「それじゃあ俺は、ここら辺で失礼するよ。どうせ流稀とは違う方向の電車だしね」

俺の肩をポンッと叩《たた》いて、千歳は俺を追い抜くと。

青緒のことをちらっと見て……柔和《にゅうわ》に微笑んだ。

「詳しい事情は知らないけど……加古川さん。流稀のこと、よろしくね？」

「あ……うん。任されましたよ、鮎村くん！」

そして、千歳が先に行き――俺と青緒は二人きりになった。

「じゃ、じゃあ帰ろっか？　青……加古川？」

「そ、そうだね！　同じ電車だし、一緒に帰ろっか、流……鷹戸くん？」

ぎこちなく、そんな言葉を交わしあってから……二人並んで駅の方へと向かう。

——家の中では『兄』と『妹』。

契約でそう決まってるから、どう振る舞えばいいか分かりやすいけど。

今みたいに、『兄妹《きょうだい》』とも『クラスメート同士』ともつかない、微妙な距離感の場合だと——いまいち立ち振る舞い方が分からなくなってしまう。

そうして、無言のまま駅に向かって歩いていたら。

「……はーい」

青緒がおそるおそるといった調子で、小さく手を挙げた。

「えっと……誰もいないじゃないですか？　なので、いつもみたいに……流くんって呼んでも、いい？」

「……う、うん」

「やった！　流くん、流くん、流くーん♪」

俺が頷《うなず》いた途端、やたら嬉《うれ》しそうな顔で連呼してくる青緒。

その表情はもう、普段のしっかり者な青緒じゃなくって……俺に甘えてくるときの『妹』の顔、そのものだった。

「そういえば流くん、今日はゲーム大会しようって、ゆか姉《ねえ》が言ってたよ」

「出たよ……どうせまた、ゆかりが圧勝するんだろ？　ゆかりのゲーマーっぷり、マジで半端《はんぱ》ないからな」

「今日はハンデつけるって言ってたよ。この間、絆菜が本気で怒ったから」

そして俺たちは――他愛もない雑談に耽《ふけ》る。

外では、生徒とフランクに話す高校教師で。家ではゲームをするか、誰かにいたずらを仕掛けるかしかない、自堕落な二十四歳――『双子』のゆかり。

外ではいつも気だるげなのに、青緒やゆかりの前では、完全な末っ子キャラ。けれど俺の前では、大人な女性を目指して修業に励む――『姉』の絆菜。

そんな……俺たち『家族』のことを話しているうちに。

俺も青緒も、次第に表情が柔らかくなっていく。

「そうだ！　今日の夕飯はね、流くんが好きだって言ってた、ビーフシチューにしようと思うんだー」

そして俺と青緒は、橋を渡りはじめた。

この橋を越えたら、もう一～二分で駅に着く。

――――そんな場所で。

「どけっ！」

「……きゃっ⁉」

やけにスピードを出している自転車が、前から走ってきて。

しかも向こうが、俺たちを避《よ》けようともしないもんだから……俺と青緒は左右に分かれ、衝突を回避した。

………けれど。

避けた拍子に、青緒のカバンが橋にぶつかって。

プツッと――カバンと繋がっていた紐《ひも》が切れてしまった。

紐の先にあるのは、女子高生が持つには少し渋い、茶色い革製のパスケース。

だけど青緒にとっては、忘れられない想《おも》い出《で》の詰まった……大切なパスケース。

「――あっ⁉」

青緒が小さく悲鳴を上げた。

そして紐の切れたパスケースは、宙を舞い。

やがて、橋の下を流れる川へと………。

——これはね。あたしが昔、父の日のプレゼントにって……お父さんにあげたものだったんだ。

——これがあれば……いつだってお父さんとお母さんが、そばにいてくれるような気がするから。

「——⁉ 流くん⁉」

青緒が俺の名前を呼ぶ声が、聞こえた気がした。

世界がスローモーションに見える。なんだか妙な浮遊感がある。

変な感じだなって思いながら、俺は……手ではたいたパスケースの行方に、目をやった。

ああ、よかった……橋の上にある。

そうして俺は——『妹』の大事なものを守れたことに、安堵《あんど》しながら。

——橋の下を流れる川へと、落下した。

第12話　『妹』のために身体《からだ》を張った俺、現実と直面する

「……ごほっ、ごほっ」

　ぼんやりとした意識のまま一階におりると、俺は冷蔵庫からペットボトルを一本取り出した。

　あー……喉が痛《いて》ぇ。

　あとなんか、地味に節々も痛む気がする。

「朝より熱が上がってきた気がする……青緒《あお》が帰ってくる前に、部屋に戻んなきゃ……」

「こそこそしてんね、鷹戸《たかと》先輩？」

「わっ⁉　……ごほっ、ごほっ！」

　振り返ったら、いつの間にか帰ってきてた絆菜《きずな》ちゃんがいて……驚くとともに、咳《せ》き込んでしまう。

　そんな俺を見て、絆菜ちゃんは気だるげに髪を掻《か》き上げた。

「ま。とりま二階に行こっか。ペットボトル持つから、貸して」

昨日——青緒のパスケースが、川に落ちそうになったとき。

俺は考えるよりも先に、パスケースを守ろうとして、跳び上がっていた。

そしてそのまま、川に落ちて。近くにいた人たちに救出されて。

今朝起きたら、喉の調子がおかしかったから……大事を取って学校は休んだんだけど。

夕方近くになったら、このざまってわけだ。

「ほーら、流《りゅう》ちゃん。ねんねしなー」

俺の部屋に、半ば強引に入ってきた絆菜ちゃんは。

俺を布団《ふとん》に寝かせると、なんか得意げに笑った。

「あほなことをした『弟』が、体調を崩した……今こそ、お姉ちゃんの出番っしょ！」

「……誰があほだよ、姉貴」

「あほじゃん。ふつー川に飛び込む？　あの川、めっさ浅いんよ？　頭打ったら多分、死んでた」

……まぁ確かに、めっちゃ浅かったけどさ。

足から落ちてなかったら、ヤバかったとは思うけどさ。

そうやって俺が、何も言い返せずにいると。

俺の契約上の『姉』は、鼻唄を歌いながら部屋を出ると……着替えを済ませて、袋を片手に帰ってきた。

アッシュグレーに染めた、腰元まであるロングヘア。

くりっとした大きな瞳が特徴的な、フランス人形のように整った顔立ち。

肩出しの洋服と、レザー地のミニスカート。そして足首を飾る、花のチャームのアンクレット。

セクシーな魅力と、あどけない可愛《かわい》さをミックスさせたような——うちの『姉』は。

袋の中から、栄養ドリンクを取り出した。

「ほれ。お姉ちゃんが気ぃ利《き》かせて、帰りに買ってきた。流ちゃん、飲む？」

「あー……ありがとう、姉貴」

「……ふっふっふ。そんじゃあさらに、お姉ちゃんの大人な魅力で、栄養を増やすよ？」

まるで理解できない発言をしたかと思うと。

絆菜ちゃんはブラウスの胸元を、くいっと引っ張り。

自分の胸の谷間目掛けて——栄養ドリンクを突っ込んだ。

「……あー、そっか……幻覚が見えるレベルの熱があるんだな、俺……」

「ちげーし。うちは大真面目にやってんの。お姉ちゃん的セクシー治療、ってね！」

「もし大真面目にやってるんなら、姉貴は馬鹿なんだと思います」

「失礼じゃね!?」

とかなんとか、言ってる間に。

栄養ドリンクはボトッと……絆菜ちゃんのブラウスの中に落ちた。

慌てて拾って、もう一度谷間に挟み直す絆菜ちゃん。

だけどボトッと……すぐに落下しちゃう。

「姉貴……ないものはないっていうか。物理的に無理っていうか」

「うっさい！　分かってるっての、自分の胸の谷間が浅いことぐらい！　あお姉《ねえ》はあんなに、大きな胸してんのにさ。なんでうちだけ……もーいいわ」

自分の限界を悟った絆菜ちゃんは、胸元からドリンクのビンを取り出すと、ひょいと俺の方に投げてきた。

握り締めた栄養ドリンクは、なんか……変に生温かくて。

さっきまでこれを包んでいたものを、想像せずにはいられない。

「ま。帰ってきたら、あお姉《ねえ》が看病するだろうし。今日のところは、これで『姉』修業おしまい」

「……看病の練習とかはしないんだ？　おかゆ作るとか、濡《ぬ》れタオルを頭に乗せるとか」

「どっちも、やり方が分からん」

「いや……おかゆはともかく、濡れタオルの方は分かるだろ」

「うっさい」

そう言って絆菜ちゃんは——ピシッと、デコピンを繰り出してきた。

「昨日あお姉《ねえ》に、めっさ怒られたっしょ？　なんであんなことしたの、って」

「……ああ。思い出したくないくらい、怒られた」

「で、今日はさらに悪化。そりゃもう……とことん看病されるだろーから。覚悟して、あお姉《ねえ》に看病されな。いずれは看病スキル欲しいから——また修業、付き合ってね？」

「……まだ怒ってるかな、青緒」

熱っぽいからか無意識に、弱気なことを言ってしまった。

それを聞いた絆菜ちゃんは、ため息をひとつ吐《つ》くと。

——もう一発、デコピンを繰り出してきた。

「痛っ⁉　……あのさ。これでも一応、病人なんだけど？」

「馬鹿なこと言うから。いーい？　あお姉《ねえ》はね、誰だろうと病気になったら、めっさ心配するんよ。怒るとかじゃねーし。むしろ……怖がってる感じ、じゃん？」

——怖がる？

それって一体、どういうこと――。

「ただいま！　流くん元気⁉」

と……絆菜ちゃんに聞き返そうと思ったところで。

学校から帰ってきた青緒が、一目散に俺の部屋に駆け込んできた。

「元気……じゃないね。流くん、おでこ貸して」

青緒は早口でそう言うと、ベッドに寝てる俺のおでこに、自分のおでこを当てる。

その動きに躊躇《ためら》いがなさすぎて……一瞬、キスでもされるのかと思って焦《あせ》った。

「……熱があるね。絆菜、体温計持ってきてくれる？　あたしは氷枕とか準備するから」

「はーい、了解」

看病モードに入った青緒が、バタバタと一階におりていくのを見送ってから。

絆菜ちゃんは俺の方を振り返って、ニコッと笑った。

「ま。体調が戻るまでは、あお姉《ねえ》の言うこと聞きなね？　あと……パスケースの件だけど。うちとあお姉《ねえ》の大事な宝物――守ってくれて、ありがと。流ちゃん」

――それから後は。

青緒が俺に付きっきりになって、とことん看病をしてくれた。

「はい、流くん。あーん」……と、ご飯を食べさせてくれたり。

「背中向けてー。くすぐったかったらごめんね？」……と、背中の汗を拭いてくれたり。

「大丈夫？　トイレ行くの、手伝おうか？」……と。さすがにこれは辞退したけど。

とにかくもう、至れり尽くせりって言葉がぴったりなくらい、青緒は甲斐甲斐《かいがい》しく俺のことを看《み》てくれたんだ。

「なぁ、青緒。ごめんな、心配掛けちゃって」

だからこそ——申し訳ない気持ちでいっぱいになって。

ベッドのそばに座った青緒に向かって、懺悔《ざんげ》するように言った。

「……ううん。こっちこそ、昨日はごめんね。あたしのパスケースを守るためにやってくれたのに、怒ったりして」

「いや……理由はどうあれ、心配を掛けたのは事実だから」

「……うん。心配はしたよ。ありがとうだったけど……もう無茶なこと、しないでね？」

ベッドに上半身を伏せて、青緒はくぐもった声でそう応えた。

その肩は、なんだか小刻みに震えていて。

いつも優しい青緒を、ここまで哀《かな》しませて——本当に申し訳なかったなと思う。

「──俺が元気になったら。青緒のお願いをひとつ、なんでも聞くよ。そんなんで帳消し……とは言わないけど。せめてものお詫《わ》びにさ」

青緒の肩をポンポンと叩《たた》きながら。

俺はあやすように、気持ちを落ち着けるように……そう囁《ささや》いた。

すると、それを聞いた青緒はゆっくりと顔を上げて。

涙でぐしゃぐしゃになった顔を、笑顔に変えて──言ったんだ。

「じゃあねぇ……これからもずーっと、甘えさせてほしいな？　新しいことなんて、なくていいから。ただ変わらずに、甘えさせてくれるだけで……嬉《うれ》しいんだよ。お兄ちゃん」

▲◇▼◆

「げほっ……げほっ！」

耐えがたい咳き込みに襲われて、俺は夜中に目を覚ました。

上体を起こして、しばらく咳き込んでから時計を見ると、時刻は二時過ぎ。

「……げほっ‼　さすがにやばいな、これ……」

喉の痛みじゃないな、これ。

もっと奥の方。喉よりもさらに身体《からだ》の奥から、咳《せき》が込み上げてくるような感じだ。

あと、汗をかきすぎて、寝間着のTシャツがびしょびしょで気持ち悪い。

「――流くん？」

ベッドに座ったまま咳《せ》き込んでたら……ベッドに上半身を伏せて寝てた青緒が、心配そうに顔を上げた。

「流くん、ちょっとごめんね」

青緒はすぐさま、俺の胸元から手を入れると、体温計を脇に挟ませてくる。

その際に、青緒の腕が――俺の素肌に触れた。

ひんやりとした感覚と、やけにすべすべした感触に、思わずビクッとしてしまったけど。

それ以上に……青緒の手の震えが、伝わってきた。

「――三十九度八分？　さすがに高すぎるよ、これ……」

そうして俺が、ぼんやりとしている間にも。

青緒は体温計を抜いて、すぐにベッドの脇から立ち上がった。

「取りあえず、ゆか姉《ねえ》を起こしてくる。ちょっとだけ待っててね、流くん」

そして青緒は、駆け足で部屋を飛び出していく。

「そんな大げ――げほっ！　げほっげほっ‼」

青緒を呼び止めようと声を出した瞬間——胸の真ん中あたりに、激痛が走った。

激痛と止まらない咳に、身体をくの字に曲げたまま。

俺はただ……青緒の帰りを待つことしかできなかった。


——それから、三十分も経《た》たないうちに。

起きてきたゆかりの判断で、一一九に連絡がいき。

駆けつけた救急隊員によって、俺はあれよあれよという間に——救急車の中へと運び込まれた。

あー……救急車の中なんて、初めて入ったなぁ。

最近の俺、初めての経験ばっかりだな。『家族契約』とか、川に飛び込むとか。

そんな、どうでもいいことを考えつつ——俺は顔を右に向けた。

救急車の外では、ゆかりが救急隊員と話をしていて。

そして、そのそばに立ってる青緒が……泣きそうな顔で、俺のことを見ていた。

「肺炎の可能性がありますね」

ゆかりに話す救急隊員の声が、やけに鮮明に聞こえてくる。

「入院の可能性もあります。ひとまずこのまま、病院へ搬送しますね。先ほど確認したところ、因羽中央《いんばちゅうおう》総合病院が受け入れ可能と――」

――因羽中央総合病院？

その名前を聞いた途端、一気に頭がはっきりして……俺は救急隊員に向かって叫んだ。

「大丈夫です、病院に行かなくても！」

俺の声を聞いて、救急隊員が目を丸くする。

だけど……俺の心は変わらない。

「さっきまで調子悪かったけど、だいぶ良くなったんで！　そんな、総合病院にかかるほどじゃな――」

「ばかなこと、言わないでっ‼」

俺よりもさらに大きな声で――青緒が叫んだ。

「……青緒？」

「死んじゃったらどうするの⁉　こんなに咳してて、こんなに熱が出てて……何かあったらどうするのさ……自分の命を、大切にしてよぉ……」

青緒の大きな瞳から、ぽろぽろと――大粒の涙が零《こぼ》れ落ちていく。
青緒の灯火のように赤い唇が、寒さに凍えるように震えてる。
いつも穏やかで優しくて、誰かの世話を焼きがちな加古川《かこがわ》青緒が。
二人のときは無邪気で純粋で、甘えたがりの俺の『妹』が。
こんなに哀しい顔をするなんて――。
そうして俺は、自分の放った言葉で青緒を傷つけてしまった現実を、悔いながら。
――襲いくる眠気に、身を委ねた。

▲◇▼◆

次に俺が目を覚ましたのは、病院のベッドの上だった。
ゆっくりと上体を起こす。
腕には点滴の針が刺さっており、備え付けの棚の上には病院食が置かれていた。
そのまま俺は、病室内をぐるりと見渡す。
すると窓際《まどぎわ》の椅子のところで、ゆかりが座ったままうたた寝しているのを見つけた。

「ゆかり。寝てんのか？」

「……ん～？　まだ眠いんだけ……わぁ⁉　い、生き返ってるー⁉」

俺が起きてることに気付くと、ゆかりがやたら大げさに声を上げた。

人をゾンビみたいに言うなよ。ったく。

「はー、良かったわぁ。流稀《りゅうき》ときたら、半日以上は寝てるんだもの。寝ぼすけなんだからー、私を見習いな？」

「万年、寝たら起きないで有名な奴《やつ》が、なんか言ってるよ」

軽口に対して、軽口で返して。

それから俺とゆかりは――向き合ったまま、同時に噴き出した。

「ひとまず、昨日よりは元気そうで安心したわぁ。救急車で運ばれるときは、どうなっちゃうかと思ったわよ」

「それは普通に、迷惑掛けてごめん……」

「検査とかはこれからだけど、おそらく軽度の肺炎だろうって。何日かは入院生活になるみたいだから、まぁ安静にしてなよー」

「入院……なぁ、ゆかり。ここってやっぱり、因羽中央総合病院か？」

「他に大きめの病院なんて、近くにないからね」

やっぱりなって気持ちと、げんなりする気持ちが、胸の中で混ざりあう。

因羽中央総合病院は、この近辺で唯一の総合病院だ。

だから大病をしたときや、入院が必要となったときは、必然的にこの病院を頼るしかないんだけど……。

「……そうだ、ゆかり。青緒はどうしてる？」

湧き上がってくる負の感情を振り払うように、俺はゆかりに尋ねた。

胸元の花モチーフのネックレスに触れながら、ゆかりは答える。

「んー。元気は元気よ？　ただちょーっと、流稀を心配しすぎて……顔色が悪いかな。あんま寝られてなさそうだったし、今朝はご飯食べてなかったしね」

青緒の様子を聞いて——俺は胸が締め付けられる思いがする。

救急車の中にいたとき。

青緒は俺のことを心配して、明らかに取り乱していた。

あの取り乱し方……優しいとか他人思いとかって言葉で片付けて、いいのだろうか？

思い返してみれば、初めて加古川家に来たときもそうだった。

公園でずぶ濡《ぬ》れになっていた俺のことを、青緒は翌日になっても心配し続けていた。

少し過剰なほどに。

――あお姉《ねえ》はね、誰だろうと病気になったら、めっさ心配するんよ。

――怒るとかじゃねーし。むしろ……怖がってる感じ、じゃん？

そう、まさに絆菜ちゃんが言っていたとおりだ。

青緒は誰かが病気になることを、過剰なほどに恐れている。

そして、その恐れが肥大化した結果……あの取り乱しに繋《つな》がったんだとすると。

――死んじゃったらどうするの⁉

「ゆかり。青緒ってひょっとして……誰かが病気になるってことを。亡《な》くなったお父さんと重ね合わせてたり、するのか？」

自分の中で生まれた仮説を、ゆかりに対して投げかけた。

それを聞いたゆかりは、ふっと微笑《ほほえ》んで。

「……そーだねぇ。じゃあ、青緒と絆菜のお父さんの話をしよっか」

椅子に座り直して、胸の前で腕を組むと。

ゆかりは眼鏡の下の切れ長な目で、俺のことを見据えて――話しはじめた。

「お母さんが亡くなったあと。青緒たちのお父さんは、仕事も家のこともやんなくちゃって、相当無理してたの。そんなある日……お父さんが倒れたんだ」

「……倒れた？　それで？」

「すぐに入院して、検査して。それで原因は分かったんだけど……その病気は既に、かなり進行しちゃっててね。最終的には、余命あと半年って――そう宣告された」

余命宣告。

その言葉の重みに、俺は鉛でも呑《の》み込んだように、お腹《なか》が苦しくなる。

実の父親の病気が見つかって、残された命があと半年って告げられて。

中学生だった青緒は果たして――どんな気持ちだったんだろう？

「……青緒の話だとね。倒れる少し前から、ふらつくことがあったりとか、熱っぽいって言ってたりとか。なんていうか……前兆みたいなのがあったんだとさ」

「でもそれは、結果論だろ。その時点で分かんないのは、仕方がな――」

「正論としては、そうね。でもさ、青緒の立場になってみ？　……あのとき自分が、病院に連れていっていれば。……自分がもっと、早く気付いていれば。そう思うのも無理はないよね。青緒にとって、お父さんは――それほど大切な人だったんだから」

――死んじゃったらどうするの⁉


あのとき叫んだ、青緒の気持ち。

それを思うと、自分の発言がどれほど軽率だったことかと、後悔しかない。

『家族契約書』なんて、不可思議な書類を交わしあって。

『家族』になったと調子に乗って、青緒たちのことを分かった気になっていたけど。

駄目だな、やっぱ。

俺には、家族という代物自体が……向いてないのかもしれない。

「……はぁぁぁぁ。流稀、あんたってさぁ、めちゃくちゃ顔に出るよね？」

そうして、深く落ち込んでいたら。

ゆかりが立ち上がって――俺の座ってるベッドのところまで近づいてきた。

「あんたの考え、当ててたげよっか？　……青緒にそんなトラウマがあるとは、気付けなかった。俺は駄目だ。『家族』としてやっていく自信をなくした……そんなとこね？」

「……ゆかり、エスパーなの？　普通に怖いんだけど」

「残念。ただの『双子』でした」

おどけたように、そう言うと。

ゆかりは笑いながら、俺のことを抱擁する。

「他人の気持ちも、他人の考えも……百パーセント分かるなんてこと、永遠にないんだわ。だって私と、私以外は、どう足掻《あが》いても違う生物なんだから。そこでは血の繋がりなんて、なんの意味も持たない。血が繋がった家族なら、相手のことを百パーセント分かるだなんて考えるのは……ただの傲慢よ」

そして、俺からパッと離れると。

ゆかりはこちらに背を向けて、言った。

「だから……分かんないことがあっていいのよ、分かるわけないんだから。気付けなかったことを後悔してる暇があるなら、次からどうするかを考えな。そうやって少しずつ、気持ちと気持ちの繋がりを強くしていけるから——私たちは『家族』なのよ」

——血よりも濃い、万年筆のインクで交わされた契約。

——血の繋がりよりも強い、気持ちと気持ちの繋がり。

加古川家と『家族契約』を結んだとき。

そんな言葉を聞かされた俺は……胸が昂揚《こうよう》するのを感じたんだっけ。

――そして今、ゆかりが語った言葉たちは。

あのときと同じ気持ちを思い出させるには、十分なものだった。

「それじゃー、私はいったん帰るわ。あとから青緒たちもお見舞いに来ると思うから、取りあえず養生しなよー？」

「ああ、ありがとう……ゆかり」

背中を向けたまま、ひらひらと手を振ってくるゆかり。

そんな彼女に――俺は前から思っていた疑問を、口にした。

「なぁ、ゆかり。俺が自分の両親を嫌ってるみたいに、ひょっとしてゆかりも……血の繋がりを、嫌ってるのか？」

ゆかりがピタッと、足を止める。

そして、こちらを振り返らず……なんてことないように言った。

「私はね。中学の途中から、児童養護施設で育ったんだわ」

「……え？」

思い掛けない発言に、俺は言葉を詰まらせてしまう。

そんな俺を気にも留めず、ゆかりは言葉を続ける。

「ああ。私は青緒たちみたいに、死別とかじゃないよー？　両親どっちも、どこかで生きてるんじゃないかなー。知らんけど」

淡々と……冷淡に、それだけ言ってから。

ゆかりは再び歩き出した。

「まぁ、そういうことで。流稀の気持ちは、分かんなくないから……困ったことがあったときは、いつでも相談してよね？　『双子』の片割れくん」

そうして、ゆかりが病室を去ったあと。

俺はベッドに横になって、真っ白な天井を見つめた。

「……俺は本当に、分かった気になって、なんも分かってなかったんだな」

青緒の抱える、死別の傷つきも。

ゆかりの抱える、関係の切れた家族への想《おも》いも。

絆菜ちゃんに関しては多分……どんな想いを抱えているのかも。

なんにも分かっちゃいない。本当に情けない限りだって思う。

だけど、ゆかりの言うとおり——気付けなかったことを後悔している暇はないから。

「……肺炎を患《わずら》ったと聞いたが。思いのほか元気そうだな」

――そのときだった。

やたら愛想《あいそ》の悪い、低くて暗い声が聞こえてきたのは。

その声を聞いた途端、内臓を手摑《てづか》みされたように……気分が悪くなるのを感じる。

だけど、それでも。

俺は気力を振り絞って、上体を起こすと。

病室の入り口の方へと向き直った。

「……何しに来たんだよ、父さん」

そこにいたのは、分厚い眼鏡を掛けた、初老の男だった。

白髪の目立つ髪と、仏頂面《ぶっちょうづら》が特徴の、融通の利《き》かなそうな男。

そう、それは――俺の父親、鷹戸沖親《おきちか》だった。

第13話　家族から逃げていた俺、大切な『繋《つな》がり』を見つける

お父さんの形見でもある、青緒《あお》のボロボロのパスケース。

川に落ちそうになったそれを庇《かば》って……代わりに俺が、川に転落して。

それが原因で軽い肺炎に罹《かか》ってしまい、俺はこの近辺で唯一の大病院——因羽《いんば》中央《ちゅうおう》総合病院に入院することとなった。

そして、その病室で————。

「何しに来たんだ……だと？　親に向かって取る態度とは思えんな、流稀《りゅうき》」

静かに、だけど怒気を孕《はら》んだ声色で。

俺の父親——鷹戸《たかと》沖親《おきちか》は、仏頂面のまま言った。

分厚い眼鏡の奥の瞳は、冷たく俺のことを睨んでいる。

「……いや、なんで来たんだとは思うだろ。あんた、外科医じゃねぇか。肺炎患者は、外科の領分じゃねぇだろ？」

「口の利き方に気を付けろ。高校生にもなって、目上の者への礼儀も分からんのか」

ひりつくような空気。

相手の出方をうかがいながら、言葉を選ぶ会話。

ああ……懐《なつ》かしいな。

なんだか、まるで――鷹戸の家に帰ってきた気分だ。

「いいか、流稀。俺がここに来たのは、外科医長としてではない。お前の親としてだ」

「……だったら尚更《なおさら》、頼んでないな。安静にしてなきゃいけないんだから、放《ほ》っといてくれ。あんたが来ただけで、熱が上がる」

「親に向かって、その口の利き方はなんだ‼」

ビリビリと。

ベッドが震えるほどの怒声が、病室中に響き渡った。

俺以外の患者がいない病室で良かったよ。こんな怒鳴り声を聞かされた日にゃ、治りかけてる病気も悪化しかねない。

俺はごほごほと咳《せき》をしてから、眼鏡の位置を整えた。

「お前の進路希望調査票を、親が提出していた。それがお前の、家出の理由か？」

「……まぁ。それだけって、わけじゃないけど」

「小さい頃から言ってきたはずだ。お前も『医者』を志すようにと。そしてお前は、それに代わる将来設計を示さなかった。ならば、医学部に進学する――それ以外に選択肢はない。それで？　俺が進路希望調査票を出したことに……なんの問題があるんだ？」

――くだらんことに時間を使うより、勉強をしろ！

俺が描いたイラストと一緒に、破り捨てられた『マンガ家』の夢。

なるほどな。

確かにあれは、将来設計にも満たない、稚拙な夢物語だったからな。あんたにとってはきっと、取るに足らない出来事のひとつなんだろうよ。

だから……あんたには一生、分かんないんだよ。

俺が家を出た理由も。

俺が将来に希望を持てない理由も。

俺が――家族を諦めてる理由も。

――全部。

「お前はまだ、未成年だ。何かを決定するとき、なんらかの契約を結ぶとき、そのすべてに――保護者の同意が必要となる。お前が今、この病院に入院できているのだって……当然、俺が書類にサインをしたからだ」

「……親としてここに来たってのは、そういう意味かよ」

「ああ。入院中の息子に会いに来た父親――そういう立場で今、ここにいる」

そして父親は、俺を睨《にら》むように見つめて。

重々しい口調で言った。

「『家族契約』――とやらを結んだらしいな。加古川《かこがわ》先生と、その家族と」

…………え？

父親の口から発せられた、その聞き慣れたフレーズに……思わず動揺する。

ゆかりは確かに、父親と話したと言っていた。そして、俺が加古川家で暮らすことを、承諾してもらったとも。

だけどまさか、『家族契約』なんてぶっ飛んだことまで伝えているとは……思ってもみなかった。

「だが、流稀。その『家族契約』に、法的拘束力はない。俺が実力行使に出れば、お前は鷹戸の家に戻るしかなくなる。つまり、お前が今、そこで生活できているのも――すべては俺の同意があるからに他ならない」

「……恩着せがましいな。分かってるよ、そんなこと」

「いや。分かっていないな」

俺の言葉を、即座に否定すると。

父親はさらに言葉を続ける。

「加古川家で暮らす中で、食費や光熱費……多くの費用が掛かるはずだ。お前はそれを、どうしている？」

「どうって……加古川先生が肩代わりしてるよ。いや、もちろんちゃんと返すけ――」

「違うな。その費用は、俺が先生宛に振り込んでいる。お前に掛かる費用のすべてをな」

「……え？」

父親の口から語られた内容が、あまりにも予期してないものだったから。

俺は固まってしまって、ただ父親の言葉を聞いていることしかできなくなる。

そんな俺に向かって父親は……はっきりと言った。

「お前は、加古川先生たちとの約束だけで、今の暮らしが成り立っていると思っていただろう？　だが、それは違う。俺が承諾して、俺が資金を提供して、非常時には今回のように俺が同意をする……そうやって成立しているのが、今の『家族契約』とやらだ。分かるか、流稀？　お前がどんなに抗《あらが》おうと、お前の人生に――親は必要なんだよ」

――血は水よりも濃い。

同じ血を分けた家族とは、他人同士よりも強く繋《つな》がっているんだ。

蛇のように、鎖のように。

そう――呪いのように。


「母さんも、お前のことを心配している」

頭を抱える俺に向かって、父親が追い詰めるように続ける。

「お前に連絡したい、お前の声が聞きたいと、毎日のように言っているよ。それでも連絡しないのは俺が……お前を甘やかさないよう、連絡するなと言ったからだ」

「……あの過保護な母さんが、やけに連絡してこないと思ったら。結局あの人は、あんたの言いなりだな」

「母さんのことを悪く言うな！　文句があるなら、すべて俺に言え‼」

――文句を言ったところで、聞いてもらえた覚えがないんだよ。あんたには。

鷹戸の家は、ずっとそうだった。

なんでも言え、なんてのは詭弁《きべん》で。

誰かの意思が、誰かの気持ちを抑え込む……そんな構造でしかなかったんだ。

だから俺は、あの家を出たはずなのに。

「お前はまだ、成人にも満たない子どもだ。親がいないと生きられない。いつまでも、くだらない反抗で時間を無駄にするな。許してやるから、帰ってこい……流稀」

何も変わらないまま、俺はまた――。

「――無駄な時間なんかじゃ、ないですよ？」

そのときだった。

血の呪いに全身を搦《から》めとられて、暗く冷たい海の底へと、引きずり込まれようとしていた俺を。

温かな光が……照らしてくれたのは。

「……君は？」

病室に入ってきた少女を見やって、父親は尋ねる。

それは俺のよく知っている少女だった。

ミディアムボブの艶やかな髪。花の形のヘアピン。

雪のように白い肌の中で、潤いのある唇だけが、灯火みたいに赤く煌《きら》めいて見える。

可愛《かわい》らしいブラウスと、水色のフレアスカートを身に纏《まと》ったその佇《たたず》まいは、おしとやかで可憐《かれん》な印象。そして豊かな胸の膨らみは、なんともいえず綺麗《きれい》で、母性的な雰囲気を醸《かも》し出している。

そんな彼女は、その大きな瞳で父親を見つめると。

にっこりと、穏やかに微笑《ほほえ》んで言ったんだ。

「こんにちは。いつもお世話になっております。鷹戸くんと一緒に暮らしています……加古川青緒です」

▲◇▼◆

病院着を着て、ベッドの上に座っている俺と。

眉間に皺《しわ》を寄せたまま、鋭い眼光を向けている父親と。

それから──学校にいるときみたいに、穏やかな笑みを湛《たた》えている青緒。

そんな三人しかいない病室で……口火を切ったのは、青緒だった。

「流《りゅう》くん。体調はどうかな？　差し入れと着替えを持ってきたよ」

「あ……ああ。ありがとう、青緒」

父親と俺の間には、明らかに重たい空気が流れてるってのに。

青緒はなんでもないような顔をして、俺のそばへと近づいてきた。

そんな青緒に向かって……父親が口を開く。

「加古川さん、とおっしゃいましたか。加古川家の方々には、うちの息子が大変なご迷惑をお掛けしております。申し訳ありません」

「いえ。迷惑なことなんて、全然ないですよ？　あたしと妹は、加古川ゆかりの——従妹《いとこ》なんですけど。我が家はもともと、ゆかりとあたしと妹の三人で暮らしてたような、ちょっと変わった家なので。流く……鷹戸くんも来てくれて、むしろすごく楽しいなって思ってます」

父親の重低音の声にも怯《ひる》むことなく、そう応えると。

青緒は、差し入れの入った袋を俺に渡して——ニコッと笑った。

「いつもありがとうね、鷹戸くん？」

……御礼《おれい》を言うのは、こっちの方なのに。

今だって、そうだ。

父親との会話で凍えかけてた心を——青緒の温かな声が溶かしてくれた。

「子どもは、親がいないと生きられない──そんなお話をされてましたよね？　鷹戸くんのお父さん」

「……ええ。そう言いましたね」

青緒はくるっと、俺に背を向けると。

俺の父親と対峙《たいじ》する格好となった。

「小学生の頃……あたしは母を、事故で失いました。そして中学生の頃には、父が病気で旅立ちました。両親を亡《な》くして、行くあてもなくて──あたしと妹が施設に入る、なんて話にもなりました。だけど、従姉《いとこ》のゆかりが……施設には行かせないって言って、あたしたちを引き取ってくれたんです」

──私はね。中学の途中から、児童養護施設で育ったんだわ。

──両親どっちも、どこかで生きてるんじゃないかなー。知らんけど。

ゆかりが打ち明けてくれた、過去の話を思い出す。

詳しい事情は分からないけど、きっとゆかりも、『双子』の俺と同じように……家族への複雑な思いを抱えて生きてるんだと思う。

だからこそゆかりは、青緒と絆菜《きずな》ちゃんを引き取ったんだろう。

自分と同じ思いを——二人にさせないために。

「あたしにはもう……お父さんもお母さんも、いないけど。それでもあたしは、生きてます。親がいなくたって、あたしは二人の分まで——頑張って生きてます。子どもは親がいないと生きられないなんて……決めつけないでください！」

青緒が後ろ手に、ギュッと何かを握り締めてるのが見えた。

それは——茶色い革製のパスケース。

ボロボロだけど、青緒の家族の想《おも》い出《で》が詰まった……大切な宝物。

「……そういった意味合いではなかったのですが。不快に感じさせたのでしたら、お詫《わ》びします」

小さく肩を震わせている青緒に対して。

俺の父親は、ただただ冷静に、ありきたりな謝罪の弁を述べた。

「加古川さんのお宅に、ご事情があるように。私どもの家にも事情があります。保護者がいつまでも、子どものわがままを見過ごすというのは、責任放棄に他ならない。だからこそ私は——家に帰るよう流稀に言った。それだけです」

「……わがままって。鷹戸くんの家出のことですか？」

「当然、そうです」

「……流くんのこと、なんにも分かろうとしないんですね。お父さん……」

呟《つぶや》くようにそう言って、青緒は目元を手で拭う。

背中からでは、その表情は窺《うかが》い知れないけど。

青緒の口から漏れる吐息は……少しだけ、震えていた。

「あたしも妹も、従姉のゆかりも。うちの『家族』って、割と面倒くさい性格をしてると思います。だけど流くんは、こんな複雑な事情のある家の、こんな面倒な三人の心を……分かろうって、してくれました」

青緒が懸命に紡《つむ》いでくれる、その言葉は。

ただ優しくて、柔らかくて……そして、温かくて。

「……あたしと流くんは、違う人間です。違う家に生まれて、違う人生を歩んで……考え方とか気持ちとか、いっぱい違うと思います。だけど、それでも——あたしたちはお互いに、違うところばっかりの心を、知ろうとしてきました！　なのにどうして、血の繋がっている家族のお父さんが……流くんの心を、見ようともしないんですか⁉」

「もういいよ、青緒。ありがとう。本当に……ありがとうな」

身を震わせる青緒の手を、そっと握って。

俺は心からの感謝の気持ちを、言葉にした。

「流くん……」

「青緒の気持ち、すげぇ嬉《うれ》しかったよ。だからこそ……分かったんだよ。俺がやるべきことが、なんなのかって」

そのまま俺は青緒の手を引いて、ベッドの脇の方へと動いてもらった。

そうすると、俺と父親の間に——遮るものは何もなくなる。

「なぁ、父さん。さっき言ったよな？　子どもは親がいないと生きられないって」

俺はベッドの上に、膝をついた。

そして、左腕に刺さった点滴が、外れないよう注意しつつ。

ゆっくりと——正座の姿勢になる。

「え⁉　流くん、何やってるの⁉」

慌てたように、声を上げる青緒。

そんな青緒に、「大丈夫」って笑い掛けてから。

俺はすぅっと、大きく息を吸い込んで。

――大嫌いな父親の目を、まっすぐに見た。

「家出して分かったよ。俺はまだガキだから……親なしでは生きられないんだって」

◆◇◆◇

今までずっと、見ないふりをしてきた。
いや……正確には、見えてはいたんだ。
だけど、無理を通せば道理なんて……と、思考を止めて。
ただガキみたいに、意地を張っていただけだったんだ。
「……親なしでは生きられないと。ようやく分かったと言ったのか、流稀？」
「ああ。今の加古川家での生活だって、父さんの承諾がなければ成立してないんだろ？
未成年の俺にとって……保護者が絶対なんだってことは、よく分かったよ」
――『家族契約』に、法的拘束力はない。
だからもし、親が強権を振るえば、俺が加古川家で暮らすことはできなくなる。

それだけじゃない。

俺が今、入院できているのも。学校に通えているのも。あとは……加古川家での生活費の諸々《もろもろ》だって。

すべては親の同意と、親の金があってこそ。

だから俺は……親に感謝しなきゃいけないんだ。

仕方ない。だってそれが――未成年という枷《かせ》なんだから。

「お前にしては、随分と殊勝な態度だな。まぁいいだろう。少しは反省したということなら、鷹戸の家に帰ってくればいい。許してやる」

「……いや。違うんだ、父さん」

父親の言葉を、明確に否定して。

俺はベッドの上で――土下座の姿勢になった。

「父さん。今も、これまでも……衣食住を保障してくれたこと、俺にはできない契約を交わしてきてくれたこと、心から感謝してる。本当にありがとうございます。その上で……お願いだ‼　俺をこれからも、加古川家の『家族』と一緒に、いさせてくれ！」

衣食住は満たされていた。学校にだって通えていた。何かあれば病院にかかることだってできた。

俺の親は間違いなく、親の役目を果たしてくれていたんだ。

ただひとつ——子どもの心を理解しようとしなかったこと以外は。

「何を馬鹿なことを……そんなもの、俺が許可するとでも思ったか？」

「思わないよ。だから頭を下げてるんだ。父さん、これが本当の——一生に一度のお願いだ。俺を加古川家の『家族』のところに、いさせてください‼」

正座をしたまま、ちらっと青緒の顔を見る。

青緒は泣いていた。

涙で顔をぐしゃぐしゃにして、ほっぺたを真っ赤に染めて。

加古川青緒には——母親も父親も、もういない。

だけど青緒の手の中には、あのボロボロのパスケースがある。

そしてその中には……幸せだったいつかの、家族写真も。

——青緒は間違いなく、お母さんにもお父さんにも、愛されていたんだ。

だからこそ青緒は優しくて、明るくて、世話好きで。
誰からも愛されるような女の子に、なったんだと思う。
だけど……そんな青緒だからこそ。
みんなには見せない、心の奥に隠した想いもあるんだ。

そんな青緒のためにも――もちろん、自分のためにも。
俺はこの『家族契約』を、こんな中途半端《ちゅうとはんぱ》な形で終わらせたくない。
俺が安いプライドを捨てることで、青緒がこれ以上、哀《かな》しい想いをせずに済むのなら。
こんな頭くらい……いくらだって下げてやる。

「ピンとはきてないけど……ひとまず医学部に行けるくらいまで、学力は上げるって誓う。他にも命令があるなら、なんでも従うよ。俺の頼みはひとつだけだ――この『家族契約』の継続を、保護者である父さんに認めてほしい」
「……どういうつもりだ、流稀？　お前の家出の発端は、進路希望調査票の一件だったはずだ。なのに、医学部に行くことまで交渉材料にして……お前はなぜ、そこまで『家族契約』にこだわる？」

「……父さんには分かんないと思うよ。まぁ、いつか分かってくれたら嬉しいけどな」

珍しく動揺してる父親に、俺は本当に久しぶりに……笑い掛けた。

それは嫌みでもなんでもなく。

父親に対して、久方ぶりに素直な気持ちを言えたのが——ただ嬉しかったから。

「父さんと母さんにも、感謝しなきゃって思ったよ。だけど——俺が今、心を預けられる場所は、鷹戸の家じゃないんだ。だから父さん、お願いします……俺が加古川の家で暮らせるよう、許可をお願いします」

ベッドの上で、何度目か分からない土下座をしながら……俺はギュッと目を閉じた。

永遠にも感じられるほどの、無音の時間。

——そして、やがて。

カツカツと、遠ざかっていく足音とともに。

いつもより覇気のない声で、父親は言った。

「……許可はしてやる。勝手にしろ」

第14話　気持ちと気持ちで繋《つな》がる『家族』、これからもずっと

冷静に振り返ると、父親が病室に来ていた時間なんて、三十分にも満たないほどだったんだけど。

父親が病室を後にした途端……まるで何時間も対峙《たいじ》していたみたいな疲れが、ドッと襲い掛かってきた。

そして俺は、ベッドにどさっと倒れ込む。

「……許可、してもらえたんだよな？」

真っ白な天井を見上げながら、ぼんやりと呟いた。

無我夢中で頼み込んだものの……あの頑固で融通の利《き》かない父親が、まさか首を縦に振るとは。

俺の意見で、あの人が根負けしたのなんて――なんなら初めてかもしれない。

「……ははっ。すげぇこともあるもんだな……」

「うりゃ」

「痛っ⁉」

父親との舌戦の余韻に浸っていると。

ムッとした顔の青緒《あお》が、俺の顔を覗《のぞ》き込んで……おでこをペチペチしてきた。

「ばぁか、ばぁか。なんであんな、無茶するのさー。いっぱい土下座なんかして……熱が上がったらどうするのよ。ぺちぺちー」

「いたいいたい、おでこが痛い。こっちの方が、熱上がりそうじゃねぇか？」

「……えぅ。確かに」

素直にピタッと手を止めると。

青緒は唇を尖《とが》らせたまま、ベッドの横にある丸椅子に腰掛けた。

そして――少しだけ間を置いてから、青緒は尋ねる。

「……流《りゅう》くん。お父さんたちのところに帰らなくて、本当によかったの？」

「そこに後悔はないよ。今の俺にとって、大切なのは――気持ちと気持ちで繋がった『家族』なんだって。心からそう思ってるから」

「そっか……うん、分かった！　あたしも流くんと一緒にいられるの、嬉しいよ。それじゃあ流くん、これからも『家族』としてよろしくねっ！」

「ああ。『家族』として、やっていきたいから。青緒――ちゃんと思ってることを、ぶつけてほしいんだ」

「……え？」

唐突に投げかけた、俺の言葉に。

青緒はぽかんと口を開けて、小首を傾《かし》げる。

そんなところも愛らしいなって思うけど……。

——分かんないことがあっていいのよ、分かるわけないんだから。

——気付けなかったことを後悔してる暇があるなら、次からどうするかを考えな。

……ゆかりが言ってたように、後悔するんじゃなく。

気付けなかった青緒の想《おも》いを、今度こそ——ちゃんと受け止めたいって思うから。

「泣きたいときに、無理に笑うなよ。傷つくことがあったら、我慢せずに言えよ。それから……甘えたいときは、好きなだけ甘えろって。嫌だなんて、絶対に言わないから」

「……あたしは、そんな……別に……」

「嘘《うそ》つけ、めちゃくちゃ我慢してるじゃねぇか。女心を察するなんて、死ぬほど苦手な俺ですら、分かるくらいだぜ？　そんなに我慢してたら——潰れちまうっての」

俺が青緒の気持ちを、百パーセント分かるなんて日は、永遠に訪れない。

だって俺は、鷹戸《たかと》流稀《りゅうき》で。青緒は、加古川《かこがわ》青緒。違う生き物なんだから。

でも、だからこそ。

……気持ちと気持ちを、ちゃんとぶつけあいたい。

そうしたらきっと、少しずつでも。

お互いのことが分かっていくはずだから。

「――『家族』だろ、俺たちは。遠慮なんかすんな。なんでも言え。たとえどんな、加古川青緒を見せられたとしても……俺は絶対にいなくならないって、約束するから」

俺がそう告げた瞬間に。

青緒はガタンッと、丸椅子を倒して立ち上がった。

そしてそのまま、俺のことを抱き寄せると。

青緒はその、赤く艶やかな唇を。

――俺の唇に、そっと重ねた。

「……!? あ、青緒!?」

「……これは親愛のキスだから。えっちな勘違いしないでね……お兄ちゃん」

唇を離して、そう言うと。

青緒は真っ赤になったほっぺたを隠すように、その場で俯《うつむ》いた。

……ベッドの上の掛《か》け布団《ぶとん》に、ぽたぽたと。

青緒の瞳から溢《あふ》れた雫《しずく》が、零《こぼ》れ落ちていく。

「……青緒」

「……ありがとう、流くん。絶対にいなくならないって、言ってくれて……嬉《うれ》しい」

上擦った声で青緒は、抱えていた感情を吐露していく。

「お母さんはね。朝はいつもどおり、元気だったのに。もう二度と、会えなくなったんだ。ある日突然、人はいなくなっちゃうんだって……怖くなったの」

「……ああ」

「お父さんは……ふらふらするとか、熱っぽいなとか、入院する少し前から言ってたんだ。もしもあのとき、あたしが病院に連れていってたら……お父さんは死なずに済んだのかもしれないって。今でもずっと、後悔してる。だからね――」

俺の両手を、ギュッと握って。

青緒はゆっくり、顔を上げた。

その顔は、涙でぐしゃぐしゃになっていたけど……それがなんだか、愛おしかった。

「流くんが川に落ちたとき。夜中に高熱が出ちゃったとき。あたしは本当に……怖かった。流くんまで、死んじゃうんじゃないかって……怖かったんだよぉ……」

俺は堪《たま》らなくなって、青緒のことを抱き締めた。

その身体《からだ》は、力を入れたら折れてしまいそうなほど、華奢《きゃしゃ》だった。

「……すぐに病院に行かなかったの、やだった」

「……それはごめん。父親がいると思ったら、二の足を踏んじまった」

「……川に飛び込んだのも、やだった。パスケースはありがとうだったけど……危なすぎだよ。自分のこと大事にしなきゃ、やだ」

「……確かにあれは、落ち方が悪かったら危なかったしな。ごめん」

「鮎村《あゆむら》くんと屋上に行ってるのも、やだ。フェンスが老朽化してるから、危ないもん」

「……えー。フェンスには近づかないから、そこは勘弁を……」

「うえーん！　なんでも言えって、言ったのにー‼　泣いてやるもんー、うにゃー‼」

「うにゃーって、泣き声というか鳴き声……あー分かった！　分かったって‼　もう屋上には行かないから‼」

抱きあったまま、そんな言葉を交わしあって。

気持ちと気持ちを、少しだけ繋ぎあわせて。

それから青緒は——囁《ささや》くように言った。


「……いっぱい甘えさせてくれて、ありがとう。お兄ちゃん、大好き」

「おう。なんならまだ、甘えられ足りないくらいだぜ？」

「えへへ……分かったよ。これからはもーっと、いっぱい甘えちゃうからね？　覚悟しててよー？」

「了解。なんたって俺は『お兄ちゃん』だからな。『妹』が満足するまで甘やかしてやるから、遠慮すんな」

「それと——いなくなっちゃうの、やだからね？　約束だよ……流くん」

「……ああ。約束だ、青緒」


青緒がギューッと、俺のことを強く抱き締める。

それに応えるように、俺もまた、青緒のことを強く抱き返した。

……俺の胸の中で、青緒が深く息を吸い込む。

すると途端に、ビクンッてなる青緒の身体。

あれ……？

なんか前にも見たことあるな、これ……。

「青緒ってさ。ひょっとして、匂いフェチ？」

「ひぇ⁉ な、なんのことでしょーか⁉ してないしてない！ 流くんの匂いを吸い込んで、とろけたりなんか……してないんだよってば‼ 流くんの、ばぁか！」

明らかに動揺した感じの挙動になって、ポカポカ背中を叩《たた》いてくる青緒。

その仕草は、子どもみたいで可愛《かわい》いんだけど。

なんかいつもより、叩く力が強いから……これ以上からかうのはやめとこう。

――なんて思ってたら。

青緒が突然、カプッと。

俺の首筋を、甘噛《あまが》みしてきた。

「――ひゃ⁉ あ、青緒‼ お前、何してんだよ⁉」

「……えへへー。いじわるしてきたお兄ちゃんに、仕返しでしたっ！ 今のお兄ちゃんの声、可愛かったよー？ もっと聞かせてほしいなぁー♪」

ったく。いくら病室に他の人がいないからって、甘え方が過剰すぎるだろ。

まぁ……でも。

いつもしっかり者で、気遣い上手な青緒だからな。

せめて二人っきりのときくらいは、好きなだけ甘えてくれよ。

それができるからこそ、俺たちは──『家族』なんだから。

▲◇▼◆

肺炎で入院してから、約一週間後の土曜日。

ようやく退院の手続きを終えた俺は、我が家に……加古川家に帰ってきた。

なので今日の夕飯は──四人で食卓を囲んでの、退院祝いパーティーらしい。

「こっほん！　ではでは、我が『双子』の片割れ──流稀の退院祝いのパーティーを、はじめるよん☆　みんな、グラスを持ってぇ……かんぱーい‼」

ゆかりの、やたらハイテンションな挨拶に合わせて。

俺たち四人は、手持ちのグラスで乾杯をした。

「じゃーん！　今日は退院のお祝いだから……流くんの好きなビーフシチューを作ったんだよっ！　どうかな流くん……病院食に慣れすぎて、お口に合わなくなってない？」

「鷹戸先輩。病院食の方がいいとか、だるいこと言わんでよ？　あお姉《ねえ》を泣かせたら、めっさ怒るから」

「いやいや……病院食の方が口に合うって言う奴《やつ》は、まだ入院が必要だと思うぜ多分。つーか……うまいよ、青緒のビーフシチュー。しばらくこういうの食べられなかったから、本気でうまい」

「えへへぇ～。それほどでもぉ～？」

とんでもなく顔をとろけさせて、照れはじめる青緒。

その自然体な振る舞いが、家の中の青緒、って感じがして。

改めて——『家族』のところに帰ってこられたんだなって、嬉しくなる。

そうして俺たちが、わいわい盛り上がりつつ、食事をしていると——。

「皆さん、ご歓談中かと思いますがー……こちらにご注目くださいなっ！」

ゆかりが突然、そんなことを言って。

二枚綴《つづ》りになってる紙を、俺たちの方へ突き出してきた。

その書類は、かつて俺たちが万年筆でサインした、大切な『家族』の証《あかし》。

そう――『家族契約書』改訂版だった。

「こちらの『家族契約書』、これまでは私たち四人のサインしか、入っていませんでした。

しかーし！　なーんと‼　今回は特別にぃ……スペシャルサービス‼」

「……なんだよその、通販番組みたいなテンション」

「特別にスペシャルサービスって。日本語バグってね？」

「もー、ゆか姉《ねえ》ってばぁ。もったいぶらないで、早く教えてよー」

演出にやたらツッコミを入れられて、「ぶー」って顔になるゆかり。

だけど、こほんと咳払《せきばら》いをして、一人で気を取り直すと。

そのまま、ゆかりは――『家族契約書』の一番下を、指差した。

家族契約者：　加古川ゆかり　加古川青緒　加古川絆菜　鷹戸流稀
同意者：　鷹戸沖親

「…………ん？　んん⁉　え、なんだこれ⁉　同意者……しかも、俺の父親のサイン⁉」

「なんこれ。ゆか姉《ねえ》、偽造？」

「違うわ！　正真正銘、本物の、流稀パパのサインよ。別に同意のサインがあるからって、法的拘束力が生まれるわけじゃないけど……なんか『家族契約』が強固になったって気がしない？」

　自分で言って、あからさまにドヤッとした顔をするゆかり。

「……ゆかり。一体どうやって、うちの父親を懐柔したんだよ？　許可するとは確かに言ってたけど、こんなサインをするような奴じゃないぞ？　うちの父親は」

「そ・れ・は～……ゆかりの、色仕掛けっ☆」

「だからそれ、やめて？」

「あっはっは！　冗談だってぇ。ま、どうやったのかは……企業秘密ってことで！」

「ゆか姉《ねえ》ってそーいうとこ、めっさ怖いよね。敵にしたくない系」

「だけど、そんなところが心強いんだよね。ゆか姉《ねえ》は！」

「はっはっは。もっと褒めたまえ、私の可愛い『妹』たちよー」

　ゆかりって……学校ではいつも、フランクで絡《から》みやすい先生って感じだし。

　家の中だと常にはしゃいでる、自堕落な『双子』でしかないんだけど。

どこか、底知れないものがあるんだなって……思い知らされたよ、マジで。

「あ、鷹戸先輩。そのお肉ちょうだい。うちのシチュー、なんかお肉少なかった」

「……って。自分で言うのもなんだが、一応今日は、俺が主役のパーティーなんだぜ？

絆菜《きずな》ちゃん、分かってて言ってる？」

「知らんがな。うちが『姉』、鷹戸先輩が『弟』。そーいう契約っしょ？　だから……弟はお姉ちゃんの命令に、絶対服従！」

なにその、地獄姉弟《きょうだい》。

服従ってフレーズは、普通の姉弟間では出てこないんだって……多分。

そうして呆《あき》れる俺のことを、水晶みたいに綺麗《きれい》な眼《め》で見つめると。

俺の『姉』絆菜ちゃんは——アッシュグレーの長い髪を、そっと掻《か》き上げて。

あどけない顔で、笑ったんだ。

「ま。これからも仲良くしてよね。うちの『弟』ちゃん？」

——改めて考えても、『家族契約』だなんて、奇天烈《きてれつ》な話だなって思う。

血よりも濃い万年筆のインクとやらで、なんの拘束力も持たない契約書にサインして。

それで今日から『家族』です、だなんて……ごっこ遊びとたいして変わらない。

なのに、なぜだか——温かいんだよな。

血の繋《つな》がりなんて関係なく、気持ちと気持ちで繋がっていることが。

一歩ずつ確かに、お互いに分かりあっていくことのできる関係が。

だから……俺は心から、思うんだ。

『家族契約』を結ぶことができて——本当に良かったって。

「ねぇ、流くん！」

そして……俺の可愛い『妹』は。

隣に座ってる俺の腕に、大胆にも自分の腕を絡めると。

——『妹』でも、家での青緒でも、学校での青緒でもないような。

あまりにも綺麗な笑みを浮かべながら……言ったんだ。

「これからも、ずーっと——『家族』でいてくれなきゃ、やだからね？　約束だよ、流くんっ！」

◇ミッドナイトブルーは、砂糖に溶けて◇

あの頃のあたしの世界は——ずっと真夜中みたいに、暗い青で塗り潰されてた。

中学三年の三月。

あたしはセーラー服を着たまま、小高い丘の上にのぼって。

地面に体育座りをして……木々の隙間から見える建物を、ただ眺めてた。

それは、少し前までお父さんがいた——因羽《いんば》中央《ちゅうおう》総合病院。

「……お父さん。高校、受かったよ」

自分の膝に顔を当てて、小さく呟《つぶや》く。

この声が風に乗って——お父さんに届くようにって、願いながら。

「ゆか姉《ねえ》がね、いっぱい気を遣ってくれてるから……あたしも絆菜《きずな》も、元気に過ごせてるよ。お父さんは、どうかな？　お母さんと……昔みたいに、仲良くしてるかな？」

そうやって、言葉を吐き出すたびに。

あたしの心は——キュッと締め付けられる。

……ほんの数か月前まではね。

お父さんは確かに、あたしたちの目の前にいたんだ。

病院のベッドで寝ていても、身体《からだ》にチューブを通されていても。

あたしたちがお見舞いに行くといつだって、笑顔でお話ししてくれたんだ。

そう。変わらなかったんだよ、お父さんは。

入院してからも、ずっとずっと……優しいお父さんのままだったんだよ。

——今はもう、お父さんはいないけど。


「……あははっ。ごめんね、お父さん。なんか思い出したら、泣きそうになっちゃった」

そうやって言葉に出すことで。

あたしはグッと、泣きそうな自分を呑《の》み込んだ。

「普段は誰にも、こんな弱気なところ、見せたりしてないんだよ？　泣いてるところを見せないように、頑張ってるんだー。ねぇ、偉いでしょー？　……えへへっ」

お父さんが旅立ってしばらくは、寂しさとか後悔とか、色んな感情でぐちゃぐちゃすぎて——毎日、泣いてばかりだったな。

だけど……今はもう、大丈夫。

絆菜を不安にさせないように、もう泣かないって決めたから。

家でも学校でも、落ち込んでる自分は見せず、明るく頑張るって……決めたんだから。

だからあたしは、大丈夫なんだ…………。


「何してんの、こんなとこで？」

「ひゃっ⁉」

急に後ろから声を掛けられて、変な声が出ちゃった。恥ずかしすぎる……。

あたしがおそるおそる、後ろを振り返ったら。

そこにいたのは——同い年くらいの男の子でした。

眼鏡を掛けてて、前髪がちょっと長くて。目つきがちょっと鋭くて、への字口。

パッと見だと、ちょっと怖そうだなーって、感じちゃうような人。

「あ、え……えっと。あ、あなたこそ……何しに、ここに？」

「あー……いや、この丘ってさ。ちょうど、アレが見えるんだよね。一人でアレを眺めたいときには、ちょうどいいんだよ」

アレと言って、彼が指差したのは。

あたしがさっきまで見ていた場所と同じ──因羽中央総合病院。

「俺さ。あの病院、大っ嫌いなんだよな」

「へっ⁉　……あ。ひょっとして……何かご不幸が、あったとか……？」

「いや。あそこにいる外科医が、個人的に嫌いなだけ」

あ……そうなんですね。

てっきり、あたしと似た境遇の人なのかと思ったけど、違ったみたい。

そして彼は──病院を眺めながら言いました。

「……すっげぇ嫌いな場所だからこそ。落ち込んだときはここに来て、気合いを入れるようにしてるんだよ。負けねぇぞって、もう一回頑張るぞって、自分を奮い立たせるために。あ……ごめん、変だよな」

「……あははっ。でもちょっと、分かる気がするな。あたしも落ち込んだときに来て、気合いを入れて帰ってる感じだもん」

気合いを入れに来てるかぁ……確かにそのとおりだなって、思っちゃった。

自分は泣かないで、頑張ってるよって。

明日からもまた、泣きそうな自分を隠して頑張るよって。

お父さんに話し掛けることで……あたしは自分を、奮起させてたのかもしれない。

お父さん。今でもずっと、あたしの心を支えてくれてるんだね——。

「なんていうか……泣きたいときは、泣いたらいいんじゃねぇか？」

「……………え？」

——そのときだったの。

あなたが、あたしに、魔法を掛けたのは。

真夜中みたいな、暗い青の世界に——光を灯《とも》してくれたのは。

「あ……ごめん、変なこと言ったよな？　いや、さっきからずっと……泣きそうなのに、無理して笑ってる気がしたから。そんなに頑張りすぎなくていいんじゃねぇのって、そう思って……違ってたらごめん！」

◇

あのとき、あなたと交わした会話は——本当にそれくらい。

お互いの名前も知らないまま、すぐに別れちゃったし。

あなたからすればきっと、すぐに忘れちゃう程度の、取るに足らない出来事だっただろうなって思う。

だけどあの日……あたしは家に帰って、一人で泣いたんだ。

ずっと我慢してた感情が、堰《せき》を切ったように溢《あふ》れ出しちゃって。

お父さんがいなくなった日と同じくらい――いっぱいいっぱい、泣いたんだ。

………いっぱいいっぱい、泣けたんだ。


というわけで。

あたしは中三の三月から、あなたを忘れたことなんて、一度もありませんでした。

高校に入ってすぐ、別のクラスにあなたがいるのを見つけたときは……運命かもー！　って、一人で盛り上がっちゃったし。

高二になって、同じクラスになったときは……家に帰ったあと、顔を枕に埋《うず》めてじたばたするくらい、大はしゃぎしちゃった。

それくらい、あなたのことが――ずっと前から、気になってたんだよ？

そんなあなただから――『家族契約』しても大丈夫って、思えたんだけどなぁ。
きっとあたしの乙女心、ぜーんっぜん気付いてないよね。
鈍感なんだから、うちの『兄』は。ばぁか。

………ねぇ、流《りゅう》くん？

あたしはね。流くんと一緒にいられることが……すっごく幸せなんだ。
恋愛経験0だから、どうすれば可愛《かわい》いって思ってもらえるか、分かんないし。
甘えるのが下手すぎて、なんか変なことばっかしちゃってる気がするから。
本当にごめんね、なんだけど……。
こんなあたしでよかったら。
ずっとずっと、一緒にいられたら――嬉《うれ》しいな？

――今はまだ、『家族契約』だけど。
いつかは、本物の家族になれたりしないかなー……なんて。
ごめん、さすがに調子に乗りすぎだよね。反省っ。

あとがき

いつも応援いただいている皆さま、本当にありがとうございます。初めましての方、この本をお手に取ってくださって、心から感謝申し上げます。氷高悠《ひだかゆう》です。

前作「【朗報】俺の許嫁《いいなずけ》になった地味子、家では可愛《かわい》いしかない。」（地味かわ）の最終巻と同時発売となりました、本作「クラスの優等生を『妹』にする約束をした。どうやらいっぱい甘えたいらしい。」（妹あま）。

皆さま、お楽しみいただけましたでしょうか？

いちゃラブ成分は引き継ぎつつ、前作以上に『家族』というテーマにフォーカスを当てたのが、本作『妹あま』になります。

父母との確執から、家を出る決意をした流稀《りゅうき》。父母を亡《な》くし、心に傷を負った過去のある姉妹・青緒《あお》と絆菜《きずな》。そんな二人を引き取って、『家族契約』なんてものを考案した、従姉《いとこ》のゆかり。

見た目も性格も、それぞれ違って。四人それぞれが、家族に関する葛藤を抱えていて。

だけど、契約上の『家族』として——いつの間にか一緒に笑ってる。

そんな風に、笑えて泣けて、最後には温かな気持ちになれるラブコメを目指して、この作品を創りました。

そして『地味かわ』に負けないくらい、魅力的なキャラクターたちが登場します！

みんなの前ではしっかり者なのに、流稀の前では甘えたすぎて暴走しちゃう、クラスメイトの青緒。

普段は気だるげな態度で素っ気ないけど、実は強がりなだけの純朴な中学生、絆菜。

そして、フランクで接しやすいけど、どこか摑《つか》みどころのない先生のゆかり。

三者三様な魅力を持つヒロインたちと、主人公・流稀が紡《つむ》いでいくラブコメ作品になります。楽しんでいただけましたら、嬉《うれ》しいです！

それでは謝辞になります。

前作に引き続き、イラストを担当してくださった、たん旦《たん》さま。青緒・絆菜・ゆかりの三人とも、魅力溢《あふ》れるキャラクターデザインに仕上げてくださり、本当にありがとうございます！　イラストを見ていると、青緒たちのセリフが自然と頭に浮かんできます。青緒たちに命を吹き込んでくださって、本当に感謝しております。

S編集長、『地味かわ』初代担当Tさま、『妹あま』初代担当Nさま、そして現担当のNさま。いつもお力添えいただき、ありがとうございます。『妹あま』準備中に何度も担当の移り変わりがあり、色々と難儀しましたが……こうして無事、形にすることができて良かったです。今後ともどうぞ、よろしくお願いいたします。

本シリーズに関わってくださっている、すべての皆さま。創作関係で繋《つな》がりのある皆さま。友人、先輩、後輩諸氏。家族。皆さんの温かい心に支えられて、氷高は今もこうして、本を書くことができております。本当に本当に、いつもありがとうございます！

そして最後に、読者の皆さま。

いつも応援ありがとうございます。読者の方々からいただく声が、作家にとって一番の原動力です。皆さまの温かい応援を力に変えて、『妹あま』をはじめ、楽しい作品を創っていきますね！

それでは、またお会いしましょう。

皆さまの毎日が、温かなものでありますように。

氷高　悠

お便りはこちらまで

〒一〇二‐八一七七
ファンタジア文庫編集部気付
氷高悠(様)宛
たん旦(様)宛

富士見ファンタジア文庫

クラスの優等生《ゆうとうせい》を『妹《いもうと》』にする約束《やくそく》をした。
どうやらいっぱい甘《あま》えたいらしい。

令和6年2月20日　初版発行

著者――氷高《ひだか》 悠《ゆう》

発行者――山下直久

発　行――株式会社KADOKAWA
〒102-8177
東京都千代田区富士見2-13-3
0570-002-301（ナビダイヤル）

印刷所――株式会社暁印刷

製本所――本間製本株式会社

本書の無断複製（コピー、スキャン、デジタル化等）並びに無断複製物の譲渡および配信は、著作権法上での例外を除き禁じられています。また、本書を代行業者等の第三者に依頼して複製する行為は、たとえ個人や家庭内での利用であっても一切認められておりません。

※定価はカバーに表示してあります。
●お問い合わせ
https://www.kadokawa.co.jp/（「お問い合わせ」へお進みください）
※内容によっては、お答えできない場合があります。
※サポートは日本国内のみとさせていただきます。
※Japanese text only

ISBN978-4-04-075344-7 C0193　◇◇◇

©Yuu Hidaka, Tantan 2024
Printed in Japan

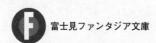

切り拓け！キミだけの王道
ファンタジア大賞
原稿募集中！
賞金
《大賞》300万円
《金賞》50万円
《銀賞》30万円
選考委員
細音啓「キミと僕の最後の戦場、あるいは世界が始まる聖戦」
橘公司「デート・ア・ライブ」
羊太郎「ロクでなし魔術講師と禁忌教典《アカシックレコード》」
ファンタジア文庫編集長
前期締切 8月末日
後期締切 2月末日
公式サイトはこちら！ https://www.fantasiataisho.com/
イラスト／つなこ、猫鍋蒼、三嶋くろね